魔幻偵探所

29

神秘爪痕

關景峰 著

新雅文化事業有限公司
www.sunya.com.hk

魔幻偵探所

人物介紹

南森

身分：魔幻偵探所創辦人、領頭羊

年齡：120歲

畢業學校：斯塔福德學院（伏魔系）

學位：博士

捉妖經驗：108年，獲得「捉妖能手」、「怪獸剋星」等稱號

性格：遇事鎮定、善於思考，生氣時聽到幾句好話氣就消了

最具殺傷力的武器：
顯形粉、綑妖繩、無影鋼鐵牆

海倫

身分：魔幻偵探所成員，南森的得力助手

年齡：13歲

畢業學校：劍橋大學（法術系）

學位：學士

捉妖經驗：1 年

性格：開朗、逢事觀察細緻，吵架時總讓着本傑明

最具殺傷力的武器：綑妖繩、凝固氣流彈

本傑明

身分：魔幻偵探所實習生

年齡：11 歲

就讀學校：牛津大學（捉妖系）

捉妖經驗： 3 個月

性格：聰明淘氣、遇事毛躁

最厲害的戰術：非常規戰術

派恩

身分：魔幻偵探所實習生

年齡：10歲

就讀學校：倫敦大學魔法學院（反幽靈技術系）

捉妖經驗：1個月

性格：聰明活潑，非常好勝，有時候喜歡誇誇其談

保羅

身分：魔幻偵探所機械狗

年齡：100 歲

工作能力：無所不知的電腦資料庫，善於用百分比分析事物

性格：異想天開、調皮、懶惰

最喜歡的食物：潤滑油

最具殺傷力的武器：追妖導彈

特級裝備

細妖繩

能夠對準魔怪迅速旋轉收縮，將它細緊綁實，繩子一旦落到魔怪身上，就像嵌入肉裏，魔怪越掙脫綁得越緊，當然放繩子時可要放得準才行。

無影鋼鐵牆

這堵牆其實就是氣流，它把氣流變成了無影無形的鋼鐵牆壁，能將敵人困在其中，衝不出去。

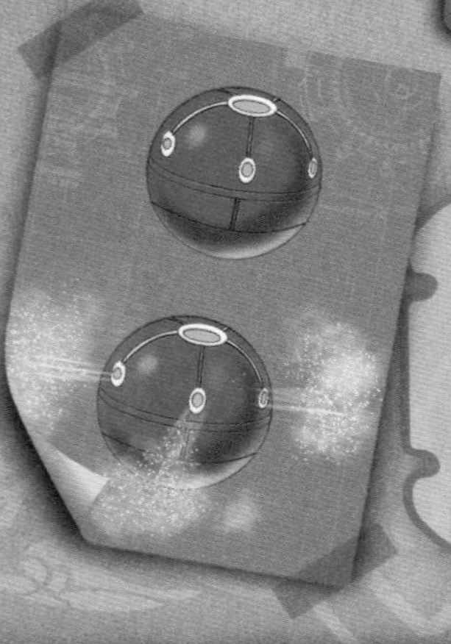

顯形粉

這是一種非常神奇的粉末，即使魔怪偽裝、隱形了也完全能顯現出它的原形。對了，「顯形」就是「現出原形」的意思！

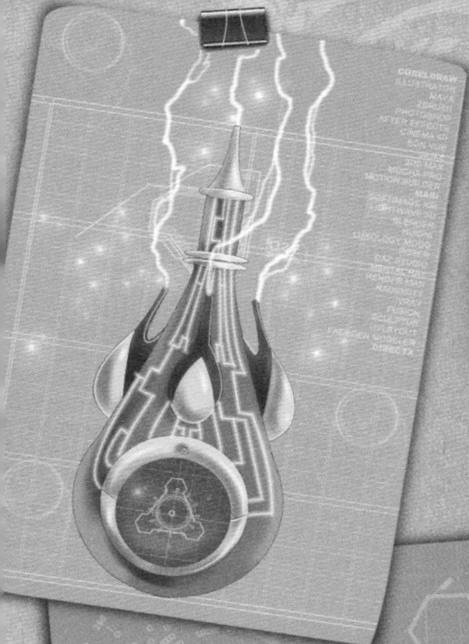

裝魔瓶

能把魔怪收進裏面，使其在三天內化成清水的神奇瓶子。即使魔怪身形再龐大，也能收進瓶內。

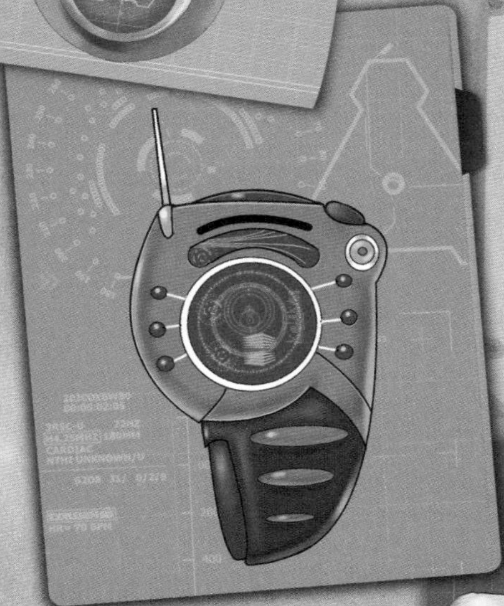

幽靈雷達

能夠準確測定氣流存在的方位，並及時發出警報的裝置。它能跟蹤、測定魔怪在哪裏。不過，如果魔怪的魔力非常強，幽靈雷達有時候也可能測不到，它的更強大的功能還有待你去改進！

追妖導彈

能夠自動尋找魔怪，進行智能追蹤的導彈，這種導彈威力比較大，一般魔怪根本抵抗不了。

魔幻偵探開始行動！

目錄

第一章　霹靂雲

「……手抬起，指向攻擊目標頭頂一米處。」魔幻偵探所實驗室裏，南森矯正着派恩的動作，「比如攻擊目標是那扇門，你的手指要指向門框上方一米的地方……」

「好的，我指向門框上方……」派恩很是認真地跟着南森學習，南森教給他的，是一套為他專門準備的魔法——派恩學習魔法的時間不長，但是在偵探所實習，會遇到一些危險，不掌握一套威力強大的魔法可不行。

「眼睛看着你手指的方向，然後跟我唸……」南森點了點頭，「霹靂雲——」

「霹靂雲——」派恩連忙唸道。

「呼——」的一聲，實驗室的門前出現了一股黑黑的雲團，「隆——」的一聲巨響，一道閃電從雲團裏射出，直射地面，閃電擊中了地面，隨後，雲團裏一陣大雨落下。三秒鐘後，那團黑雲不見了，落在地上的水也自動消失了。

「好——好——」派恩興奮地叫起來，他拍着手，「我會啦——」

「不錯，你自己來一遍。」南森説道。

「看我天下第一超級無敵魔幻小神探的。」派恩説着手指對着門的上方一指，「霹靂雲——」

「呼」的一下，門的上方出現了一團像棉花一樣的白雲，沒有閃電打下來，這團白雲三秒鐘後自動消失了。

「啊？」派恩看着白雲消失的地方，愣住了。

「注意氣息和節奏。」南森説，他比劃着，「手指出的同時魔法口訣要一起跟上，差一秒都不行，唸咒語的時候要自然，吐字清晰……」

「我、我再試試。」派恩點點頭。

這時，外面的電話響了。海倫和本傑明帶着保羅出去了，所以南森連忙拉門出去接聽電話，他叫派恩自己練習。

派恩皺着眉，這個魔法他練了有兩、三天了，總是不得要領，不過現在比兩、三天前要好多了，那時候他唸出口訣後，一點雲也不見出現。

「霹靂雲——」派恩繼續不停地練習，他的手向着門框上一指。

門框上終於出現了一團灰色的雲，派恩很是高興，博士說過，出現黑色的雲後那道閃電才會打下來，灰色的雲已經開始接近黑色了，比剛才的白雲要強多了。

這時，門突然開了，海倫推門走了進來。

灰雲裏閃了一下，不過閃電沒有打下來，派恩很失望。

「嗨，派恩，練得怎麼樣？」海倫走進來就

問，她知道派恩這些天一直在練習博士為他打造的魔法。

「還不行。」派恩指着海倫的頭頂，「灰色的雲，接近黑色了。」

「你慢慢練，我看一看。」海倫説着走到實驗台旁，看着派恩，「也許還能指導你。」

「謝謝。」派恩説着又指向門框上方，「霹靂雲。」

「呼」的一聲，比剛才的灰雲顏色要深一些的雲團出現了，「隆」的一聲，聲音不大，一道極短的閃電打下來。

門被推開了，保羅走了進來，他的頭頂上不到兩米處，剛好是剛剛生成的那團灰雲，那道打下來的閃電不到一米長，距離保羅還有半米多，隨即就消失了，接着，雲團裏滴下來十幾滴水滴。派恩和海倫都瞪大眼睛互相看了看，還好那道閃電沒有擊中保羅。

「噢，怎麼還下雨了？」保羅抖了抖身上的水滴，向上看了看，那股雲團已經消失了，「嗨，海倫，新買的漫畫書在你的背包裏嗎？快給我拿出來。」

「對，在我背包裏。」海倫連忙説，她看看派恩，「別在門口這裏練了，有人進進出出的，你可以對着窗戶練習。」

「我再試一次。」派恩說，然後手一指，「霹靂雲——」

「海倫，剛買的薯片呢？」本傑明說着推門走了進來，「兩個購物袋裏都沒有呀……」

本傑明的頭頂上，一團黑雲出現，隨即一道閃電打下來，當即打在本傑明的身體上，本傑明頓時渾身閃着白光，白光消失後，一陣大雨落下，本傑明從頭到腳都濕了。

「本傑明——」海倫連忙跑過去。

黑雲不見了，但是本傑明渾身還是濕的，他呆在那裏，完全不明白怎麼會被電擊，他有點暈了。

「我成功啦——」派恩跳了起來，「哈哈哈，我成功了——」

「派恩——」本傑明看看頭上，他緩過來一些，隨即瞪着派恩，「這是你幹的？」

「我成功啦——」派恩高興地跳着，「哈哈哈哈，本傑明，看你的傻樣子，不過放心，我這個魔法剛練成，攻擊力還不行呢……」

「你？」本傑明說着就衝向派恩，派恩看到本傑明要衝上來，頓時嚇得連往後退。

「本傑明，他不是故意的。」海倫上去就攔住了本傑明。

「派恩，我要揍你一頓！」本傑明繼續向前衝，並用力擺脱着海倫。

「我、我不是故意的。」派恩説着連忙找地方躲藏，「我在練習魔法，你們剛好一個個走進來，誰讓你最後一個進來……」

「你説什麼？」本傑明大吼一聲，繼續向前衝向派恩。

「不要呀，他真不是故意的。」海倫用力拉着本傑明，她知道本傑明真的生氣了。

「嗨，你們不要吵。」保羅也走到本傑明面前，攔着他，「派恩是在練習魔法，他也不知道你進來……」

「我、我……」派恩看着本傑明，「對不起啦，我不是故意的……」

這時，門又被推開了，南森博士走了進來，看見本傑明要去攻擊派恩，眉毛皺了起來。

「怎麼回事？」南森問道。

「他用閃電攻擊我。」本傑明看到南森進來，立即站住，很是委屈地看着南森，手指着派恩説。

「我不是故意的，我練習霹靂雲魔法呢，不知道本傑明走進來。」派恩連忙跑到南森身後，「海倫和保羅都看到了，我不是故意的，我也說對不起了。」

「派恩確實不是故意的，不過練習魔法的地方不好，正好在門口。」海倫連忙說。

「這個嘛……」南森苦笑一下，他看看本傑明，「噢，抱歉，這是我找的地方，剛才你們還沒有回來。」

「博士，你？」本傑明都不知道說什麼好了，只能在那裏歎氣。

「好了，派恩也說了對不起了。」南森拍拍本傑明的肩膀，「我也不好，應該讓派恩去窗邊練習魔法的。」

本傑明點點頭，他看了看派恩，派恩連忙對本傑明笑了笑，本傑明沒有理睬他。

「好了。」南森環視着大家，「一會都去收拾行李吧，我們要去瑞典了。」

「瑞典？」海倫他們一愣，「有案件發生了？」

「對，哥德堡市西北郊的山林裏，發生了一宗蹊蹺的襲擊案。」南森點點頭，「當地警方懷疑是魔怪作案，魔法師聯合會介入後找不到線索，剛才聯繫了我們。」

「剛才我進來的時候聽到你打電話，說什麼哥德堡。」

本傑明看着南森，「我還以為你要帶我們去哥德堡旅行呢。」

「一天到晚想着玩。」海倫用埋怨的口氣對本傑明說，隨後她看看南森，「案情嚴重嗎？」

「一個獵人在林地遇上攻擊，當場死亡。」南森的語氣沉重起來，「死者的頸部被刺破，不過經過檢測，傷口不是銳器造成的，推測是由身材矮小的魔怪的手爪造成的，但是當地的魔法師聯合會也無法最終確定，所以我們要去一次，先確認是否魔怪攻擊，如果排除魔怪攻擊，當地警方就可以放心展開自己的調查了。」

「那我們就快走吧。」海倫說，「我的行李好收拾，很快就好。」

「下午一點半，有一班飛往哥德堡的航班。」保羅說道，他已經開啟了身體裏的電腦系統，「如果你們能在半小時內收拾完畢，我就訂票了。」

「十分鐘就行。」本傑明說着就向自己的房間跑去。

「老伙計，訂票吧。」南森看了看保羅。

「霹靂雲……霹靂雲……」派恩小聲地唸着那句魔法口訣，體會着使用方法，他一直在想着這個法術，一邊唸，一邊向自己的房間走去。

第二章　哥德堡市

這天下午兩點半，他們準時抵達了哥德堡蘭德維特國際機場，同機的人不多，一起出關的人也不多，本傑明推着行李車，剛步出出境通道大門，就看見一個年輕男子向自己這邊招手。

「南森博士——南森博士——」那個男子一邊招手一邊喊起來。

南森帶着大家，微笑着走了過去，那個男子看見南森，顯得很興奮。南森他們走到那人面前，他很激動地向南森伸出了手。

「博士，你好，你好。」那人搖晃着南森的手，「我叫里貝爾，是哥德堡魔法師聯合會執法部的，我早就聽説過你，我們會長還説寫一塊牌子在這裏舉着，我説不用，誰不認識大名鼎鼎的南森博士呢？」

「謝謝你。」南森笑了笑，他指了指身邊的幾個小助手，海倫抱着模仿成玩具狗的保羅，「我們這樣的一個老少組合，比較好辨認。」

「我可是在電視上見過你的。」里貝爾依然很興奮，他指了指海倫，「嗨，你是海倫，你是本傑明，噢，還有保羅……」

里貝爾和海倫、本傑明一一握手，還摸了摸保羅的頭。唯獨看見派恩，有些發愣。

「不認識我嗎？」派恩似乎有些被怠慢，不很高興，本傑明則得意地在旁邊看着派恩，不過派恩連忙自我介紹，「天下第一超級無敵魔幻小神探派恩。」

「嗯……」里貝爾眨眨眼，連忙伸出手，「天下第一……派恩。」

「你要是這麼説，我也很高興。」派恩和他握握手。

「大家跟我來吧，我們去酒店。」里貝爾招呼他們，「這下好了，你們總算來了。會長現在還在現場呢，很棘手的案子呀。」

「我們……能不能去現場？」南森連忙問。

「過一會他也應該回來了，他在那邊主要是在山林裏找線索，但是一直沒有找到有價值的線索。」里貝爾説，「我送你們去酒店，你們先休息一下。」

「我們不是很累。」南森跟着里貝爾出了機場大廳。

「噢，比倫敦還要冷。」海倫一出大廳就説。

「山林裏更冷一些呢。」里貝爾看了看海倫，「走吧，跟我去停車場。海倫，你看起來比報紙上要瘦一些……」

「是嗎？」派恩搶着説，「那我呢？」

「你……天下第一……」里貝爾尷尬地眨眨眼，「報紙上好像還沒有……」

「你仔細想想，你才來幾天呀，上過報紙嗎？」本傑明看着派恩，毫不客氣地指出。

派恩翻了翻眼睛，不再説話了，儘管他很不服氣，不過他堅信，時間一長，自己也會像博士一樣有名的。

大家上了里貝爾的車，里貝爾將車駛出機場，機場在哥德堡市的西郊，距離市中心有三十多公里的路程，從機場通向市區的高速路上，本傑明看到，高速路兩側的幾百米外，經常冒出一座座幾十米高的山丘，初秋時節，樹葉還沒有落，整片的山丘都像是被綠色包裹起來。

「案發地在城市北面的一處山林裏。」里貝爾和大家談着案情，「受害者死了兩天才被發現，那裏是一個無人居住的地區，他的家人報過案，說他去狩獵，突然就失去了聯繫，警方派人搜索山林，找到了屍體，還在山林旁一個小鎮的停車場裏找到了他的車。」

「他是一個狩獵愛好者？」南森問。

「是的，市區北面的山林間有很多的動物，兔子、狐狸，還有鹿，每年這個季節那些山林都會開放，有狩獵執照的人可以去打獵。」

「還有沒有其他類似攻擊事件發生呢？」南森又問。

「暫時還沒有。」里貝爾說，「事件發生後，進入林區的路有警察把守，提醒那些獵人不要進山了，就是說那裏被封閉起來了，那可是個危險區。」

「確實要這樣。」南森向東面遠處的山林望去，那一座座的小山丘中，似乎隱藏着什麼秘密，等待着南森去破解。

不到一個小時，里貝爾駕車駛入了市區，海倫他們好奇地看着市區的景色，除了南森，他們都是第一次來這個城市，海倫發現，那些高大、古典的建築，和倫敦沒什麼大的區別，但是城市裏的人口，顯然要比倫敦少得多。

前面出現了一個紅綠燈，里貝爾停了車。突然，本傑

明看到旁邊的一棵樹上，一隻毛色發紅的松鼠瞪着可愛的大眼睛，正在看着自己。

「快看，有一隻松鼠，想要進來一樣。」本傑明興奮地指着車窗外的那隻松鼠。

「嗯，我們哥德堡的環境真是越來越好了。」里貝爾誇讚着自己的城市，「市區的松鼠增多了，根本就不怕人，就在高樓的窗台上和樹杈上跳來跳去的，電視上也在說這件事呢。」

「倫敦城裏也有狐狸，那些狐狸也不怕人。」海倫說道，「聽說紐約的中央公園還發現了一隻小狼呢。」

「噢，要是狼進城，那還是免了吧。」里貝爾笑着說。

綠燈亮了，里貝爾發動了汽車。本傑明伸頭看那隻松鼠，松鼠已經不知道跳到哪裏去了。

他們到了酒店，里貝爾幫他們把行李送進了房間。魔幻偵探所成員出差破案，邀請方都會預訂一個大套房，這次為他們預訂的套房在酒店的最高一層，放下行李後，本傑明就和海倫站窗前看着哥德堡的景觀。

里貝爾拿出早就準備好的案件資料，交給南森，他叫南森他們先休息一會再看，但南森立即就打開了資料袋，看了起來。

看到南森開始看資料，海倫和本傑明也一起過來，坐在他的身邊，跟着一起看了起來。

第一手的資料是警方提供的，魔法師聯合會方面有一份補充報告。資料顯示，死者叫勒多森，是一個狩獵愛好者，持有執照。三天前驅車前往哥德堡市北部偏西的阿格德林地狩獵，兩天前，勒多森和家人失去聯繫，手機無人接聽，家人立即報警，警方在阿格德林地邊緣找到了勒多森的屍體。

勒多森是背後遇襲，鋭物直接插進他的後頸，他流血過多而死。警方立即搜索了該地區，但是沒有發現兇器，一枝現場遺留的槍枝引起了警方的關注，那是勒多森攜帶的一枝雙管獵槍，這枝槍的槍管被拗彎，夾角不到20度，而且槍管上還有幾處勒多森的血跡。

經過檢測，槍管不是借助任何工具拗彎的，根本就是某個人直接用手拗的，這個人被認定為兇手。檢測發現，即使是個大力士，也無法將槍管直接拗彎，所以警方立即懷疑是魔怪作案，並將此案移交給了魔法師聯合會。而槍管上的血跡，警方初

步判斷可能是勒多森的血噴濺出來濺上去的，地面上也有一些勒多森的血跡，明顯是勒多森遇害時留下來的。

魔法師聯合會介入此案後，首先對死者頸上的傷口進行了檢查，發現死者頸上有八個不大的刺破口，非常像是魔怪的爪造成的，這也是他們唯一的發現，但無法最終確定是否魔怪作案，於是請來了南森他們。

南森翻看着那些資料，死者傷口的照片、被拗彎的獵槍的照片，資料裏都有。南森把那張被拗彎的獵槍的照片拿在手裏，也有些吃驚，這人的力氣確實很大，那可是一枝雙管獵槍。派恩走過來，拿過那張照片看了看，很是吃驚地吐了吐舌頭。

這時，門鈴響了，里貝爾急忙去開門。一個老者走了進來，南森看見那老者，連忙站了起來。

「甘普，你來了。」

「南森，好久不見了。」叫甘普的老人上前，兩人擁抱在一起。

「甘普，這是我的幾個助手，海倫，本傑明，派恩，保羅你見過的。」南森開始介紹，他看看助手們，「這位就是哥德堡魔法師聯合會的甘普會長，電話就是他打給我的。」

南森幾十年前和甘普聯手處理過一個案件，算是老熟人了，保羅也是那時候認識甘普的，海倫他們都和甘普打過招呼。甘普和南森熟悉，也沒什麼客套，看到沙發前的資料，他便坐到沙發上去。

「很棘手的案子呀，像是魔怪作案，但是證據不足。」甘普皺着眉說，「我剛才還去了現場呢，但還是沒找到什麼新的線索。」

「你們也不是專業的魔法偵探，要你們找線索，難為你們了。」南森說，「傷口的檢查，沒有查出魔怪痕跡或魔怪反應？」

「沒有，死者被發現時，死亡時間超過24小時了，即使存有魔怪反應，也消散了。」甘普搖着頭說，「只有請你們來了，哥德堡這裏，近百年來就很少魔怪作案，要是有個魔怪隱藏在城市的附近，真是一個大隱患呀。」

「我明白。」南森點點頭，「我想現在就去看看現場……」

「現在過去林子裏已經黑了。」甘普說，「明天去，林子裏的光線會較好，我不是魔法偵探，但是我知道充足的光線對你們搜索有幫助，啊，里貝爾會全程協助你們，他可是一個很負責的魔法師。」

「好的。」南森又點點頭，「那我們明天一早就去。」

「聯合會還有很多事情要處理，我明天就不去了，那裏就交給你們了。」甘普看了看南森，「有什麼需要幫助的，立即和里貝爾説，我們會提供一切支援。」

第三章　另一個人

第二天一早，里貝爾不到八點就把車停在了酒店門口，按照約定，八點剛到，他就看見南森他們出了酒店大門，里貝爾連忙下車，向南森他們招手。南森他們上了里貝爾的車，晚上他們休息得很不錯，幾個小助手早上起來後，都想着快點去林地那裏破案呢。

里貝爾駕車行駛在車輛稀少的高速路上，不到半小時，他們就來到一個小鎮。

「這個小鎮就是阿格德鎮，鎮北的林地就是阿格德林地。」里貝爾把車停在了鎮北的一個停車場裏，「死者的車也停在這裏，不過案發後已經被警方拉走了。」

他們下了車，停車場外，有一條小路，直通前方的林地。海倫走到小路上，前方，是一大片隆起的林地，越向前走，坡度越高。

保羅已經打開了魔怪預警系統，對着前方的林地連發三個探測信號，本傑明和派恩也拿着各自的幽靈雷達對着前方探測，不過什麼都沒有發現。

南森揮揮手，他們走進了林地。一進入林地，光線立即暗了下來，不過還好，陽光穿透那些高大樹木的縫隙射下來，林地裏面的景象能看得比較清楚。不知是否因為這片林地剛發生了兇殺案，一進去，大家都感到裏面有些壓抑。其實這裏是很普通的一個山林，林中的樹木高大、茂盛，由於已經入秋，林地的地面上有了不少落葉，橡樹上的橡果也鋪滿林地。林中還有很多長滿漿果的灌木叢，紅紅的漿果非常好看，有的已經掉落在地上了。

大家進入林地後，都很小心和謹慎，本傑明警惕地看着四周，唯恐有個魔怪跳出來，只有派恩顯得滿不在乎，一棵樹後跳出一隻灰色的小松鼠，派恩還快步向松鼠走去，那隻松鼠立即被他嚇跑了。

樹上，鳥鳴聲不停地傳來，遠處似乎隱約還有流水聲。他們一直向前，走了不到兩百米，里貝爾忽然站住。

「那裏就是案發地。」里貝爾指着前方幾十米的一棵大樹，說道。

大家快步走去，來到那棵大樹下。大樹的周圍，拉着警戒線，大樹樹幹旁一米多的地方，有一個用油漆噴射的

倒地後人體的外形，那無疑就是死者倒地後的身體輪廓。

南森先走進警戒線，他低頭看着那個人體輪廓，隨後向四周看了看。在人體輪廓兩米遠，有一個標示牌，上面寫着「1」，南森看過資料上的現場照片。

「這是那把被拗彎的獵槍的位置？」南森指着標示牌，問里貝爾。

「是的。」里貝爾點了點頭。

「這裏是獵物袋的位置了？」南森指着一個寫着「2」的標示牌問，這塊標示牌距離死者位置有大概四米遠。

「對，一個被打開的獵物袋，麻布製作的，裏面有兩隻兔子。」里貝爾説，「兔子是被雙管獵槍射殺的，是死者勒多森的獵物。」

「距離不對。」南森突然説。

「什麼？」里貝爾當即愣住了。

「噢，我是説死者從背後被突襲，不會有防備，當時他一定提着獵物袋走路，那麼獵物袋應該就掉在身體旁，不會遠離身體四米遠，而且獵物袋還是被打開的。」

「對，警方判斷是襲擊者打開的。」里貝爾説，「我們也這樣認為。」

「那個魔怪想搶走獵物，也不用殺人呀。」派恩站在南森身邊説，「而且還沒有全部搶走，還剩了兩隻兔子。」

「魔怪搶獵物幹什麼？」本傑明走過來，看看派恩，「魔怪對被打死的獵物有什麼興趣？」

「這你要問他。」派恩説，「當然，你先要抓住他，沒有我天下第一超級無敵魔幻小神探出面，你抓不住……」

「停止，停止。」本傑明連忙捂着耳朵，「又來了。」

「獵物袋被移動過。」南森看着現場，似乎是在自言自語。

保羅和海倫已經把整個區域探測了一遍，沒有發現魔怪反應。南森把現場也仔細搜索了一遍，也沒有發現什麼有價值的線索。

「第二個現場在哪裏？」南森繞着樹轉了一圈，隨後走到里貝爾身邊問。

「啊，你是説那個篝火堆呀。」里貝爾指着北面，「距離這裏有五、六百米，警方懷疑是死者遇害前休息的地方，他還在那裏點燃了篝火取暖。警方在那裏找到一個空礦泉水瓶子和兩個巧克力包裝袋，死者背包裏有兩瓶沒喝過的礦泉水和五包巧克力，牌子全都一樣。」

「我們去看看。」南森説。

他們離開了第一現場，向北面走去，他們在林中穿行了幾分鐘，看到了林中的一片空地，空地有一處被警戒線圍了起來，警戒線的中央，有兩塊石頭，石頭間距不到一米，石頭前有一片已經熄滅的篝火堆。

南森走到篝火堆前，除了這片黑黑的炭灰和沒有被燒完的樹枝，那裏有三塊標示牌，標示牌上寫着數字1、2、3。

「根據報告，1、2標示牌是礦泉水瓶子和巧克力包裝袋。」南森説。

「是的。」

「那麼……這裏發現了一個煙頭？」南森指着3號標示牌問。

「對，一個煙頭。」里貝爾説，「死者吸的。」

「死者口袋裏或背包裏有香煙嗎？」南森又問。

「沒有發現。」里貝爾説，「也許是最後一根，香煙盒扔到路上了。」

「你們確定死者吸煙嗎？」南森看看里貝爾。

「啊？」里貝爾又愣住了，「這個……我不知道，應該是他吸的煙吧？」

「能聯繫到他的家人嗎？」南森很嚴肅地說，「或者他的朋友，問一問他平時吸不吸煙？」

「好的，好的。」里貝爾連忙點點頭，隨後拿出了手機。

南森走到那兩塊石頭前，忽然，他彎腰蹲下，仔細地看着地面，本傑明和派恩也好奇地蹲了下去，一起看着地面。只見地面上，有一些落葉，還有一些樹枝。

「死者是四天前進入林地遇害的，第一天還和家裏有聯繫，第二天就失聯了。警方報告說死者是三天前遇害的。」南森對本傑明和派恩說，忽然，他看了看不遠處的保羅，「老伙計，查一下這裏的天氣預報，三天前有沒有下過雨？」

保羅答應一聲，立即開啟了電腦系統，幾秒鐘後，他就告訴南森，四天前，這裏下過兩場小雨。

「很好，下過雨，這裏的泥土就是鬆軟的。」南森站了起來，他指着那兩塊石頭，「有兩個人坐在這裏，其中一個是勒多森，你們看，兩塊石頭前的鞋印不一樣，應該看得比較清楚，這要感謝那場雨。」

海倫他們頓時圍了過去，仔細看起來。果然，一塊石頭前，鞋印的條紋是直條紋，另外一塊石頭前，鞋印的條紋是曲折的。鞋印和落葉，樹枝混在一起，不仔細分辨是看不出來的。

現場的另一個人是否殺人兇手？
他在這件案中扮演着怎樣的角色？

「除了勒多森，還有一個人。」派恩叫了起來，「這人是兇手！」

「不能這麼快下結論。」海倫看了看派恩，隨後站起來，走到南森身邊，「看起來勒多森確實和另外一個人在一起。」

「南森先生——」里貝爾激動地走了過來，「我找人問過了，勒多森從不吸煙。」

「現場有兩個人。」南森點點頭，「你再去查一下，勒多森有沒有和家人說過和誰一起來狩獵的。」

「好的。」里貝爾看看南森，又是興奮，還有些尷尬，「我們……沒有查出來，沒想到勒多森還有個同伴。」

「不怪你們，你們不是職業偵探。」南森說，「也不怪警方，他們發現雙管獵槍被拗彎後就考慮是魔怪作案，把案件轉移給你們，而你們檢查的重點又在這宗案件是否魔怪作案上。」

「謝謝。」里貝爾用感激的目光看着南森，「我馬上就去查。」

「博士，勒多森會不會是被那個人殺的？」本傑明走到南森身邊，小聲地問。

「那個人吸煙，還有，勒多森的巧克力他可能也吃了。」南森輕輕地搖着頭說，「魔怪可沒有吸煙這個習慣，這都是人類的習慣，如果斷定勒多森是被魔怪所害，那就不是這個和他在一起的人幹的。」

「啊，對，魔怪確實不吸煙。」本傑明用力點點頭，「可如果這個案子不是魔怪所為，那這個人的疑點就很大了，勒多森死了，他應該知道，可沒見他報案。」

「嗯，我們要找到這個人。」南森說。

那邊，里貝爾快步走了過來，他剛掛斷電話。

「我問過了，勒多森的家人說，勒多森一向都是單獨外出打獵的，這次也一樣。」里貝爾大聲地說。

「和勒多森在一起的人要查出來。」南森看着石塊前的腳印，「勒多森遇害，他有可能是個知情者。」

大家對現場又進行了一番搜索，保羅試圖從腳印着手，找出勒多森和那個神秘人的行走路線，但是由於警方和魔法師聯合會人員對此處進行過搜索，除了石塊前的模糊腳印，其他地方的腳印不僅凌亂，而且完全辨識不清了。大家忙了一會，但是沒有新的發現。

第四章　樹上的發現

南森召喚大家回到勒多森遇害的第一現場，他要去那裏開一個現場會，分析一下案情。

「勒多森頸上的傷口，你們檢查下來，不能完全確定是魔怪所為嗎？」南森一邊走一邊問里貝爾。

「我們傾向是魔怪所為，但是哪種魔怪不確定，還有那把獵槍，人類可沒有那麼大的力氣，雙管獵槍呀，一下就被拗彎了。」里貝爾比劃着説。

「現在又出來一個同行者，案子更複雜了。」南森點了點頭，「你們都是經驗豐富的魔法師，能準確判斷是否魔怪襲擊……可是勒多森的那個同行者是個人類，魔怪會放走他嗎？」

「他可能是魔怪一夥的。」里貝爾想了想説。

「對，這點也不能排除。」南森緩緩地説。

他們再次來到第一現場，看着剛剛搜索過的地方，海倫他們的表情明顯比較猶豫，不過他們還是又找尋了一遍，當然，沒有什麼新的發現。

樹林裏依舊是那樣平靜，偶爾會傳來鳥鳴聲，也許是前幾天剛下過雨的原因，樹林裏有些潮濕，而且確實有些冷。

南森把大家都叫到樹下，看着幾個有些灰心的小助手，南森先笑了笑。

「好像遇到了多大的挫折一樣，線索少很正常，要是線索很多，要我們偵探幹什麼？」

「不僅線索少，還很奇怪，兩個人在一起，一個被殺，一個逃跑了。」海倫說。

「嗯，是兩個人。」南森指了指篝火堆的方向，「我們現在可以推斷，死者和那個同伴，在那邊燃起了一堆篝火，還吃了巧克力，他們熄滅了火堆後，兩人應該一起向這邊走來，走到這棵樹下，襲擊事件發生了。注意，這時那個人也許和死者在一起，也許已經分開。我的這個案情還原，你們有什麼看法？」

「就是這樣的。」本傑明說，「和我想的一樣。至於那人是不是當時也在這裏，我也找過腳印痕跡了，不過這邊明顯被很多人踩過，太凌亂了，什麼都看不出來。」

「我還想通過腳印痕跡找到魔怪跡象呢，魔怪的腳印和人類的可是有區別的。」海倫説，「博士，要是真有魔怪的腳印，再凌亂也容易區分出來，但是什麼都沒找到，我都懷疑是不是魔怪作案了。」

「那怎麼解釋死者類似魔怪造成的傷口？」南森看看海倫。

「這個……」海倫想了想，「也許兇手使用了魔怪使用的器物。」

「這也不是不可能。」南森微微地點着頭，「但是如果説兇手使用的是魔怪的器物，那麼他就一定認識或知道魔怪了，説明魔怪還是存在的。」

「那就叫警察先找到他，他説出魔怪後，我們再去找魔怪。」派恩有些想要推卸地説道，他指着地面，「這裏我們都勘查過了，什麼都沒有，還能去哪裏勘查呢？難道上樹去找……」

「確實是這樣……」本傑明很少見地附和派恩的意見。

「派恩。」南森先是抬頭看了看天空，隨後看看派恩。

「嗯？」派恩一愣，不知道自己是説錯話了還是做錯事了。

「你説得對呀！」南森似乎有些小小的激動，他笑着看着派恩。

「我……」派恩眨眨眼，「是，當然，我的每句話都很對，我就沒有說錯話的時候，博士，你要表揚我不一定是現在，畢竟我們還在偵破案件階段。」

「我想說的是……」南森說着指了指樹上，「『難道上樹去找』，為什麼不呢？如果兇手躲在樹上，勒多森走過時進行襲擊，那麼這棵樹上也許會留有痕跡，我們剛才忽視了樹上。」

「去樹上找？」本傑明瞪着大眼睛，看了看南森，隨後也看了看樹上，他面前的這棵大樹，有四、五層樓那麼高，樹幹很粗，枝葉茂盛，「博士，你的想法就是獨特……確實，為什麼不能上樹找一找呢？」

「我上去看看。」保羅說着就要唸口訣，跳到樹上去。

「等一下。」南森連忙攔住保羅，他指着距離地面最近的那根樹枝，「老伙計，你就跳到這根樹枝上去找，這根樹枝距離地面近，樹葉多，利於隱藏，俯衝躍下也沒有阻擋。」

「輕輕的我升到樹枝上去。」保羅點點頭，看着那根樹枝，唸了一句輕身術口訣。

「呼」的一下，口訣聲剛落，保羅就飛了起來，穩穩地落在他剛才眼睛看着的那根樹枝上，隨後得意地看了看地面上的博士他們。

「博士，我開始了——」

說着，保羅先是在樹枝上走了兩步，樹枝很粗，所以他站得很穩。保羅低了一下頭，隨後雙眼射出兩道紅色的光，兩道光開始對樹枝進行掃描，保羅先是把樹枝前端掃描了一遍，隨後靈活地一轉身，面朝着樹幹的方向，把另外一段樹枝也掃描了一遍，他沒有發現什麼，忽然想到，腳下這段樹枝還沒有掃描，於是後退了兩步，兩道紅光隨即射向這一小段樹枝。

「有血跡——」保羅對着樹下大聲地喊起來，「人類的血跡——」

南森他們頓時興奮起來，大家都聚集在樹枝下，仰着脖子看着樹上的保羅。

「樹枝上有爪痕，爪痕……有一點點魔怪反應！」保羅繼續宣布着他的發現，因為這個發現，他的聲音都有些顫抖了。

本傑明和派恩在樹下激動起來，恨不得飛到樹枝上親自去看看。

保羅在樹上又是掃描，又是拍照，收集着所發現的痕跡。隨後，他抬起頭，看了看更高的那些樹枝，兩道光束隨即射了出去，光束掃描着那些樹枝，足有三分鐘。保羅收起了光束，看了看地面，縱身一躍，跳到了地面上。

大家立即圍了上去，保羅很是得意地晃了晃腦袋。

「樹枝上有血跡，是勒多森的。我的資訊庫裏儲存着勒多森的血液資料呢。勒多森的血跡嵌進了樹枝……」

「血跡嵌進了樹枝？」本傑明驚異地大叫起來。

「我還沒説完呢，你可真是着急。」保羅有些不滿地説，「有八條極輕微的爪痕在上面那根樹枝上，像是什麼動物的爪痕，每條爪痕裏都有血跡反應，三條很濃，兩條很淡，剩下三條幾乎分辨不出來。我檢測到的爪痕都有魔怪反應，那就是説那爪痕是魔怪留下來的。」

「真是重大的發現呀。」南森若有所思地説，「那麼看來這就是魔怪作案了。」

「我一開始就覺得是魔怪作案……不過那個勒多森上樹了嗎？怎麼樹上有他的血跡？」派恩不明白原因，有些着急，「我想他不會上樹吧？遇襲的時候血跡噴濺上去的？」

「如果是噴濺的血跡應該在樹枝下部，可是現在血跡和爪痕都在樹枝上部。」保羅說，「而且我也說過了，血跡在爪痕裏……」

「我明白了。」南森看着頭頂上的樹枝，沉思了幾秒，然後看看大家，「如果襲擊者在樹上，跳下來後用爪刺進了受害者的後頸，造成受害者當場死亡。隨後他拗彎了獵槍，打開獵物袋找到了什麼，又跳到樹上，這樣槍管有了血跡，樹枝上也有了血跡……他最後從這棵樹上跳躍到其他的樹枝逃走，能在樹上行動的他相對比較輕盈，所以地面上幾乎沒有留下他的腳印。」

「我想應該是這樣的。」里貝爾也看着樹枝，說道，「結合我們收集到的證據，博士的推斷完全合理。」

「什麼樣的魔怪會在樹上呢？是鳥嗎？」海倫低頭看着保羅，保羅此時一動不動，「根據爪痕和魔怪反應，你能知道是什麼樣的魔怪作案嗎？」

「噓——」保羅立即對海倫做了一個噤聲的動作，隨後指指自己的身體，「我已經開啟資料庫了，我正在進行對比呢……」

保羅這樣一説，大家立即都不説話了，都靜靜地看着保羅。保羅站在那裏，因為現場極為安靜，他身體裏的電腦發出的「咔、咔」的運轉聲都傳出來了。兩、三分鐘後，保羅後背上的蓋板自動打開，一張資料紙飛快地列印出來。

南森連忙撕下那張紙，看了起來。

「爪痕是歐洲紅松鼠的，魔怪反應測試顯示這是一種動物變異魔怪。」保羅對海倫他們説，「就是説這個魔怪是動物變化的，紅松鼠的一隻前肢正好有四個爪，左右兩隻前肢加起一共有八個爪。」

「這些資料已經給出我們結果了。」南森把數據紙遞給里貝爾，「一隻紅松鼠，不知怎麼變成了魔怪。案發時他從樹上躍下襲擊了受害者，獵槍是他拗彎的，獵物袋也是他打開的，隨後他跳到樹上逃走了，沒錯，獵槍一定是他拗彎的，只有魔怪才有這麼大的力氣。而且紅松鼠的步伐比較輕盈，所以我們在地面找不到他的腳印。」

「松鼠魔怪？」派恩先是一愣，隨後驚呼起來，「剛才我看到樹上有松鼠，牠也看着我們呢。」

「拜託，那是灰松鼠。」本傑明倒是顯得滿不在乎的樣子，「紅松鼠和灰松鼠可不一樣，紅松鼠本身就比較少見。」

「老伙計，你查查這種紅松鼠有什麼特別的地方。」南森連忙吩咐道。

保羅答應一聲，身體裏的電腦再次開始搜索資料庫。

「紅松鼠生活在歐洲和亞洲的北部，也被稱為歐亞紅松鼠。」保羅這次沒有列印出資料紙，「明顯的特徵就是紅色的毛皮，耳朵旁長有耳羽。從數量上説紅松鼠越來越少了，很多國家都將紅松鼠列為保護動物，不能隨意捕殺。紅松鼠的體型要比一般的灰松鼠大，體長和尾長都能達到20多厘米……我根據這隻松鼠怪的前爪來進行推測，這傢伙的體長和尾長加起來有可能快到一米了。」

「一米長？這麼大的松鼠怪？」派恩驚呼起來。

「動物變成魔怪後，體型會增大很多的。」本傑明抓住時機説，「沒學過呀？增大更多倍的都有，這也是他們有別於普通動物的特徵。」

「我才學了半年多魔法……」派恩盯着本傑明，爭辯起來。

海倫連忙制止他倆將要開始的爭吵，兩人都不說話了。里貝爾手裏拿着那張紙，向前走了幾步，隨後又向右走了幾步，他一直抬着頭，看着那些樹，像是在找尋着什麼。有了這個發現，現場的空氣有些緊張了。

「大個頭的松鼠……殺人……」里貝爾回過頭，看着南森，「真是難以置信，這個樹林裏有一個松鼠怪！我們這裏很多年都沒有魔怪活動了。」

「是呀。」南森抬起頭，看了看那些樹，「不過無論如何，我們有了明確的目標。」

第五章　河狸先生

樹林裏還是很安靜，此時連一絲風都感覺不到，但是高處的樹枝不知為何，好像都在輕輕擺動，那隻松鼠怪，似乎也會隨時從什麼地方跳出來。

樹林上方，天空不知道什麼時候暗了下來，烏雲籠罩住了整片樹林。「撲啦啦」的一聲，一隻小鳥不知道從什麼地方突然起飛，海倫和本傑明都一驚，派恩甚至想對聲音出來的地方出手，看到是一隻小鳥後，大家略微放鬆了心情。

「保羅，你看看上面還能找到什麼痕跡嗎？」海倫走到保羅身邊，指着頭頂上的那些樹枝，「松鼠怪身長即使達到一米，但是還算是比較輕盈的，地面上不可能找到他留下的痕跡。」

「我找了，你看見了吧？我剛才掃描了附近的樹枝，沒有魔怪反應。」保羅説着指了指發現爪痕的樹枝，「松鼠怪從地上跳到樹枝上，一定要死死抓住樹枝，那時他的爪子上還有受害者的血跡，所以爪痕和血跡都留在那樹枝上。但當他要在樹枝上跳躍，爪子便不可能用力嵌進樹枝，所以他從樹枝上跳走的時候，爪痕沒有留在別的樹枝上，血跡也都蹭掉了。」

「沒錯，是這樣的。」南森看了看保羅，隨後望着大家，「我們還要想想別的辦法……」

「松鼠怪一定就在這個樹林裏，我們把這裏全面搜索一遍。」派恩用力地比劃着説。

「這片林地很大呀。」海倫有些不樂觀地説，「我們在明處，松鼠怪在樹上，很容易就發現我們。」

「還有疑問，大家也不要忘了。」南森忽然想到了什麼，「勒多森看來不是被那個同行者殺害的，但是那個同行者為什麼沒有遇害呢？」

「一定是他們兩個後來分開了。」派恩想了想説。

「要是分開了，那人有可能不知道勒多森被害的事。」南森若有所思地説，「但是篝火堆到這裏，距離這樣近，勒多森走到這裏就遇害了，那人能去哪裏呢？」

「如果那人向反方向走呢？就不知道勒多森在這裏遇害了。」派恩分析道，「那人不知情，否則早就報警了，

所以我們只能在這片林子裏找松鼠怪……噢，好大的林子，去哪裏找呀？」

「博士，我們好像忽略了松鼠怪的一個動作。」海倫走上前一步，沉思着説，「松鼠怪不僅拗彎了獵槍，還翻動過死者的獵物袋，裏面有兩隻死兔子。」

「你認為這説明什麼？」南森連忙問道。

「這個……」海倫想了想，「找什麼東西吧？不過一定不會是找兔子的，活着的兔子魔怪可能還感興趣，但是所有的魔怪對死去的動物都沒什麼興趣。」

「那他對什麼感興趣呢？」南森表情嚴肅，「或者説袋子裏有什麼他感興趣的東西呢？」

「勒多森拿走了松鼠怪的東西？」本傑明皺着眉，隨後搖了搖頭，「不會，勒多森沒這個膽量……要不就是無意中拿走的？」

「我明白本傑明的意思。」南森説，「松鼠怪並不像是無緣無故的殺人，勒多森並未被吸血，也沒丟失什麼錢財，松鼠怪殺他應該是有動機的。」

「把你們魔法師聯合會的人都找來，我們對這樹林拉網搜索，松鼠怪一定還在這片林子裏呢。」派恩站到里貝爾的面前，大聲建議道，「我們的動作只要輕一些，靜悄悄的，松鼠怪就不會發現我們。」

「你這個聲音可真是靜悄悄的。」本傑明嘲諷地說。

「拉網搜索倒是可以。」里貝爾面有難色地說，「可是……其實哥德堡的魔法師聯合會也沒幾個人，這樣大的一片林地……」

「如果拉網搜索，我們人手確實不夠。」南森說，「而且萬一松鼠怪不在林子裏，我們即使多找些人來搜索也沒什麼用。」

大家立即都不說話了，各自想着辦法。本傑明下意識地用幽靈雷達對着林子裏探測了幾下，希望有魔怪反應出現，結果當然是失望的。

南森一副平靜的表情，他走到保羅身邊，彎腰蹲下。

「老伙計，把電腦熒幕升上來，我來找找有沒有知情者。」南森說。

「知情者？電腦裏找？」大家全都愣住了，本傑明大聲地問。

「看看這樣的環境。」南森指了指樹林，「城市旁，靜靜的樹林，舒適的氣候，關鍵是那些長滿漿果的灌木叢，小精靈、大鼠仙什麼的都喜歡居住在這樣的環境……海倫，歐洲哪個國家居住着像小精靈這樣的有益類魔怪最多？你一定學過的。」

「那當然是……」海倫先是一愣，然後想了想，露出了興奮的笑容，她指着地面，「是這裏，瑞典。」

「如果這附近住着一個這樣的有益類魔怪，那麼一定能向我們提供些什麼。」南森讚許地看着海倫。

「博士，這些我都記着呢，可就是遇到實際情況，就不會運用了。」海倫很是惋惜和懊惱地説。

「積累的經驗多了，處理的案件多了，自然就懂得適時使用了。」南森説着，看着保羅後背升起來的電腦熒幕。

大家都興奮地圍了過去。電腦熒幕先是出現了一幅世界地圖，熒幕上方寫着一行字——「全球有益類魔怪居住地圖」，這行字的下方還有一行小字——「檢測到此版本為最新版，無需升級」。

「這是倫敦魔法師聯合會開發的軟體吧？」里貝爾問道。

「對，去倫敦魔法師聯合會的網站可以下載。」南森點點頭。

説着，南森用手指點擊地圖，先是點擊了歐洲，電腦熒幕上隨即展開了一張歐洲地圖，南森又點擊瑞典地圖，電腦熒幕上展開了瑞典的地圖。南森他們的位置，在地圖上被標了出來，還有「你所在的位置」幾個字。地圖的最上方，也出現了很多選項，在城市選項中，南森選擇了哥德堡市，在有益類魔怪選項下，出現了「全部」選項和小精靈、大鼠仙、河狸先生等子選項，南森選擇了「全部」，最後，南森按下了搜索按鈕。

電腦熒幕上出現了「請等待」幾個字，大家都屏着呼吸，眼睛死死地盯着電腦熒幕。

十幾秒後，兩個搜索結果跳了出來，地圖上顯示出這兩個結果的清晰位置：在哥德堡市南部的一個山谷裏，有三個小精靈住在那裏；而在哥德堡市北部的一條小河邊，有一隻河狸先生住在那裏。

「噢，這裏……」里貝爾瞪着眼睛看着熒幕，手也指向熒幕，「向北，距離我們這不到三公里。這裏居然住着一隻河狸先生，城南有小精靈，這我知道，可我從來不知道城北有河狸先生，倫敦魔法師聯合會不愧是大聯合會，我們本地的都不知道，你們卻知道……」

「南邊的小精靈，距離這裏有五十公里遠，對這邊發生的事應該不清楚。」南森拍了拍保羅，然後站了起來，「老伙計，鎖定河狸先生的位置，我們去找他。」

「都看完了吧。」保羅扭頭看了看身後的幾個人，海倫他們點點頭，保羅把電腦熒幕收回到身體裏，「博士，我已經鎖定河狸先生的位置了。」

「河狸先生也是有益類魔怪嗎？」派恩看本傑明沒注意自己，走到海倫身邊，小聲地問。他還沒有學過這方面的知識。

「河狸先生就是河狸魔怪，一般都叫他們河狸先生或河狸太太。他們大都是修煉成為魔怪的。」海倫解釋道，「他們生性平和，從不作惡，還經常幫助魔法師和人類，所以是有益類魔怪。」

「要是能找到河狸先生，一定能給我們提供有價值的線索。」里貝爾已經站在了南森身邊，他一直都頗為興奮，「他就住在這附近，一定知道有個松鼠怪，沒準還認識松鼠怪呢。」

南森已經向北走去，保羅衝在前面給大家帶路，海倫他們連忙跟上。大家此時都很高興，南森的辦法就是多。

他們穿行在樹林裏，頭頂上的烏雲似乎都消散了，不過樹林裏仍是暗的。保羅帶着大家盡量走直線，河狸先生居住那邊的那條河叫奧特爾河，估計他經常在那條河裏游來游去的，總體來說，河狸先生是一種比較少見的有益類魔怪。

也許是由於心情興奮，他們的腳步都快了很多，也不知道勞累。半個多小時後，保羅就告訴他們，前方幾百米就是河狸先生住的地方了。

南森邊走邊向前看去，前面依舊是一片樹林，不過遠處似乎又隱隱的傳來流水聲，即使變成了魔怪，河狸先生仍保持着擇水而居的習性。這片的樹林到處有小鳥的鳴叫，這種此起彼伏、動聽的鳴叫使得這片的樹林顯得非常有生氣，和剛才那片樹林不太一樣。

「哈哈，博士，我的魔怪預警系統捕捉到了一個信號。」保羅邊走邊說，他搖晃着尾巴，「就是河狸先生吧，信號越來越強了，他在家。」

「我們真應該給他帶一份薄餅來。」本傑明在一邊開玩笑地說，「他平時叫外賣，人家一定嫌遠，不肯送來。」

大家都笑了起來，派恩笑得前仰後合。南森笑着看看大家。

「不過呢……見到河狸先生，我們大家還是要有禮貌，他一定是一位老人家，河狸修煉成魔怪的過程就要兩百多年呢。」

「哇，那可能比我們幾個的年齡加起來都大……」派恩驚呼道。

「噹啷——」一個聲音突然傳來，大家都嚇了一跳。

第六章　城中出現紅松鼠的原因

走在最前面的保羅觸動了草叢裏的一根細細的金屬線，金屬線距離地面十多厘米高，穿行在草叢和灌木叢裏，上面掛着一些鈴鐺，這明顯是一條警戒線。

大家都站住了，保羅也看到了眼前的那條線，「這難道是河狸先生架設的？」保羅心裏想。

「喂——」一個聲音傳了過來，那聲音是從一個灌木叢後傳來的，「暗語——」

「暗語？」派恩眨了眨眼，大聲喊道，「不知道——」

「好，過來吧——」那個聲音大喊道，「暗語就是『不知道』。」

大家聽到這話，面面相覷。不過南森帶頭，小心地跨過了那條金屬線，向那個灌木叢走去。

一個身影一閃，一隻很大的河狸從灌木叢後走了出來，這隻河狸是直立行走的，身高足有一米多，他留着的長長的鬍子是白色的，眉毛也是白色的。他站在灌木叢旁，瞪着大眼睛，看着南森一行人。

「你好，河狸先生。」南森連忙走上前幾步，微微鞠躬，「打擾了，我是倫敦魔幻偵探所的南森，這幾位是我的朋友和助手……」

「南森？倫敦的南森？」河狸上下看着南森，微微點點頭，「聽說過，魔法……偵探……噢，我叫利奧波德。」

「我叫里貝爾，是哥德堡魔法師聯合會的……」里貝爾連忙上前說，他感覺河狸利奧波德確實很友善。

「哥德堡魔法師聯合會的？」利奧波德指了指里貝爾，然後又指指南森，「你是魔法偵探，行了，我知道你們為什麼來了，那隻紅松鼠襲擊了一個人，我早就看他一臉兇相……你們來的還挺快，怎麼？還沒抓到他？」

「哇？！」里貝爾似乎有種不知所措的感覺，他的語氣非常激動，「你好像什麼都知道呀，我還以為你要想半天呢，你的直爽真的讓我有點不知道該說什麼好了。」

「噢，我們河狸雖然與世無爭，但也不是什麼事都不聞不問。」利奧波德揮着手說，「我知道你們會來的，一定會來的……」

「非常感謝，利奧波德先生。」南森也充滿感激地說。

「來吧，到我家裏坐一坐吧。」利奧波德指了指身後，「當然，是我家的門口，我的家你們鑽不進去，哈哈哈……」

利奧波德把大家帶到灌木叢後，那裏有一個小土坡，土坡的斜壁上有一個直徑不到半米的洞口，洞口外放着一把躺椅，看來，這就是利奧波德的家了。南森他們站在洞口，而利奧波德則飛快地鑽了進去，不一會，他拿着兩個小籃子走了出來，一個籃子裏放滿了藍莓，一個籃子裏放着不知名的、類似櫻桃一樣的漿果。

「請吧，都不要客氣。」利奧波德請大家吃籃子裏的果子，「都是新摘的，我有好多，快幫我吃掉，我可沒有雪櫃，不能儲存呀，哈哈哈……」

「非常感謝。」南森說着接過一個籃子，拿了一顆藍莓，隨後把籃子遞給身邊的海倫。

「吃呀，你吃呀。」利奧波德看南森沒吃那顆藍莓，「不要着急，我會把瓦頓的事和你們說的……」

「瓦頓？」南森稍稍一愣，「是松鼠怪的名字？」

「對，就是那隻松鼠怪。」利奧波德點點頭，「他呢，算是新來的，在這邊住了兩、三年了，我在這邊可住了一百多年了，我很喜歡這裏，要說我們這邊的環境呀，真是不錯，你看那邊的山……」

「噢，利奧波德先生，我們非常想知道松鼠怪的事。」南森連忙打斷了河狸先生的話。

「哈，不好意思。」利奧波德像小孩一樣吐吐舌頭，「我的話可真多，還扯到別的地方去了，請原諒，我一直一個人生活，你們能來我很高興……」

「明白，我知道。」南森立即點點頭，「只不過現在涉及的是命案，我們先說主要的。」

「命案？」利奧波德像是被電了一樣，「被襲擊的那個人真的死了？」

「死了，當場就死了。」里貝爾說。

「噢，這個瓦頓，下手可太狠了！」利奧波德比剛才嚴肅了不少，「我聽說的是被襲擊的人受了重傷，沒想到他把那人殺了！」

「你能不能把你知道的詳細過程……」南森用請求的目光望着利奧波德。

「我這就說。」利奧波德對南森擺擺手，「其實也很簡單，有兩個偷獵的，噢，這兩個偷獵的也夠狠的，他們射殺了兩隻紅松鼠。以前這個林子裏就有紅松鼠被殺過，據說紅松鼠的皮毛很值錢，據我所知，紅松鼠是受保護的……」

「是的，國際市場上有人一直在高價收購紅松鼠的皮毛。」保羅插話道，「獵殺紅松鼠是偷獵行為……」

「噢，小傢伙，你知道的還真不少。」利奧波德伸手去摸保羅的頭，保羅連忙躲開，「噢，小傢伙，不要躲，你還會說話呢？什麼時候變成魔怪的？不光是松鼠，小狗都變成魔怪了……」

「我不是魔怪，我是博士的助手。」保羅有點不高興地說。

「實際上他是機械電子結構的。」南森連忙解釋，「他是我的助手。」

「噢，是這樣嗎？」利奧波德點點頭，「剛才我說到哪裏了？噢，是紅松鼠的皮毛值錢。你知道這邊的紅松鼠都聽瓦頓的，瓦頓得到消息，兩隻紅松鼠被殺，就追了過去，襲擊了其中一個人，然後去救兩個手下，結果另一個偷獵的趁機跑了……就這樣。」

「原來如此，我說那個裝獵物的袋子怎麼是打開的呢。」南森緩緩地說，「被射殺的紅松鼠就在那袋子裏，瓦頓襲擊了勒多森後，就打開袋子，搶救兩隻紅松鼠，另外一個偷獵者就跑了……」

「對，否則他一點生還機會都沒有。」海倫點着頭說。

「你是怎麼知道這些消息的？」南森看了看利奧波

德，問道。

「他有他的手下，我也有，這附近的河狸都聽我的。」利奧波德不無得意地說，「我的一個手下說的，牠大概是從一隻灰松鼠那裏得到的消息。」

「這個叫瓦頓的松鼠怪，你見過嗎？」南森又問。

「當然見過。」利奧波德比劃着說，「這個傢伙呢，不是那麼友善，也許他想這裏就只有他一個魔怪吧，那他就是絕對的大王了。有一次，我看出來了，他故意來這裏找麻煩，那眼神我看得出來，很不友好。不過他看到我這個子，又看到我這年齡，知道打不過我，就走了。他倒是有自知之明呢，後來我們也相安無事，河狸和松鼠，本來就是相安無事的。」

「他平時是怎麼樣的？很厲害嗎？」

「嗯，魔怪嘛，當然很厲害。」利奧波德皺着眉，「林子裏的動物都怕他，誰要是不小心得罪了他，他一定會去報復，他吃掉過兩隻兔子，還打傷過我的一個手下，本來這片林子很平和的，他這樣兇殘，好多動物都搬走了，以前這林子裏到處是動物，現在少許多了。」

「你有沒有和他……有正面衝突？因為他打傷了你的

手下。」里貝爾問。

「你知道我們這些河狸……與世無爭，也可以說忍氣吞聲。」利奧波德愁眉苦臉地説，「有什麼辦法呢？我倒是可以去找他決鬥，但是萬一打不過他，他一定也會對我那些伙伴下手的。他可是個兇殘的魔怪，我不一樣，所以我只能提醒同伴躲着他。」

「我明白，你們都是很溫和的。」里貝爾點了點，隨後，里貝爾先看看南森，又看看利奧波德，「那麼他住在哪裏呢？這你一定知道吧。」

「我當然知道。」利奧波德點點頭，他指了指北面，「再向正北走四、五公里，有一片很密的林子，就是今年，他在那裏建了一個小小的王國，在那裏稱王稱霸。」

「小王國？」里貝爾愣住了。

「對。以前他的窩在一棵大樹上，他在那裏煉製魔藥，弄得烏煙瘴氣的，有的時候味道還能順風飄到我這裏來呢。」利奧波德抱怨起來，「今年夏天，那片密林整個都被他圍了起來，動物們都很難進入，密林周圍都是紅松鼠，好像是邊境巡邏兵，我的手下想進去都被攔住好幾次，本來那裏誰都能去的，現在成了紅松鼠領地了。我這裏也就只是拉一條線，上面掛幾個鈴鐺當警戒線，他那裏防範可真嚴密。」

「正北四、五公里。」海倫向北面看了看，「我們去抓他。」

「不用去了，襲擊事件發生後，他就消失了，他那些手下也都不見了，那片林子全都空了。」利奧波德説，「大家都説他害了人，怕魔法師找來，一定躲起來了。」

「消失了？」南森心裏一驚。

「是呀，我的那些手下説這些天都沒看見他和其他紅松鼠了。平常他們就在那片林子和周邊活動的，當然，樹林的其他地方也能看見他們，不過瓦頓來了以後，紅松鼠們大都呆在那片林子裏。我的手下和我一樣，都比較膽小，儘管紅松鼠都走了，牠們還是不敢

為什麼瓦頓和紅松鼠手下會全都消失不見了？

到林子裏去看，怕萬一瓦頓回來。我也沒去看過，不過林子裏這些天確實看不見紅松鼠了，一隻也沒有。」利奧波德比劃着説，「牠們知道害了人了，就躲起來了，也許搬到更遠的地方去了，看來我們這個林子要安靜了……」

「不好。」南森突然驚叫一聲，「又要有襲擊事件發生了。」

「什麼？」大家都被嚇了一跳，里貝爾連忙問道。

「我們要到城裏去，和勒多森在一起的那個人有危險了……」

「為什麼？」派恩很是不解地問。

「本傑明，剛來這裏的時候，我們的汽車開進城後不久，遇到一個紅綠燈，你説看到一隻松鼠在向車窗裏看，那是一隻紅松鼠吧？」南森把頭轉向本傑明，急切地問。

「是，是一隻紅松鼠。」本傑明點了點頭。

「里貝爾，你當時説電視上正討論松鼠的事。」南森把頭轉向了里貝爾，「應該是紅松鼠而不是灰松鼠，灰松鼠城市裏常見。」

「是的，是討論一批紅松鼠突然在城裏出現的事。」里貝爾説，「以前很少有紅松鼠在城市裏活動的。」

「那就是瓦頓帶着手下在找另外一個偷獵者呢。」南森不無焦急地說，「紅松鼠們都進城了，你們想想，就算瓦頓知道殺了人，躲了起來，其他的紅松鼠為什麼也不見了？牠們又不用躲起來。」

「對呀，我說城裏怎麼突然來了那麼多紅松鼠呢。」里貝爾恍然大悟地說。

「瓦頓是個魔怪，和所有魔怪一樣，他的報復心極重。」南森進一步說，「兩個偷獵者，他都要殺，跑了一個，他一定會去追，城裏之所以會突然出現紅松鼠，就是他和手下在找跑掉的那個偷獵者。」

「博士，我有個地方不明白。」海倫問道，「那人一定是跑了，可松鼠怪怎麼知道那人跑到哥德堡市了呢？其他地方的人也有可能到這裏來打獵的。」

「別的地方有沒有紅松鼠突然出現的相關報道？」南森問里貝爾。

「沒有，昨天電視上還說紅松鼠似乎特別鍾愛哥德堡市，只有哥德堡出現紅松鼠。」里貝爾說。

「我判斷，松鼠怪在哪裏找，那人一定就在哪個城市。紅松鼠一向都是遠離城市生活的，哥德堡優良的城市環境也不是最近才形成的，所以那些紅松鼠出現在哥德堡，絕對有原因。」南森很果決地説，「松鼠怪一定從某種途徑得知另一名偷獵者就生活在哥德堡市，他們已經去了城市，但那人的具體住址松鼠怪一定不知道，否則他只要隻身前往行兇即可，他帶着手下去，就是要找那人並殺了他。紅松鼠們現在還沒有回來，就説明他們還沒有找到那人，所以我們一定要趕回去，阻止新的兇案發生。」

「那人估計也看了新聞了，一定嚇得躲起來了，可是他總要生活呀，一旦被紅松鼠們發現，命就沒了。」本傑明的面色非常凝重。

「對，哥德堡城市不算大，紅松鼠們的數量多，攀爬能力強，晝夜在城市裏找，最終是能找到那個偷獵者的。那人是個偷獵者，估計也不敢報案，警方也無法保護他。」南森看了看利奧波德，「謝謝你，太感謝了，我們現在就回去了，不能再發生兇案了。」

「那你們快回去，那個瓦頓現在一定瘋了。噢，對了，林子裏的紅松鼠有二百多隻呢，大概很快就能找到那個偷獵者。」利奧波德説，「還有別的什麼，繼續來問我，我這裏的暗語是『不知道』，千萬要記住。」

第七章　搜索小隊

南森他們匆匆離開了利奧波德那裏，向回走去。

「怎麼阻止瓦頓呢？」本傑明一邊走一邊問，「去城裏抓那些松鼠嗎？」

「兩百多隻紅松鼠，攀爬能力都極強。」南森搖搖頭，「我們抓不到十隻，其他的就會立即知道了，瓦頓也會知道我們在抓他們，我們就處於被動了。」

「那怎麼辦？」本傑明急着問。

「里貝爾，來這裏打獵的人都會開車來吧？」南森對里貝爾說。

「對，都是開車來的。」

「車會停在我們停車的那個小鎮的停車場嗎？」

「一般都會停到那裏。」

「那就好辦了。」南森微微地點着頭，「剛才我看見了，停車場的出入口有攝錄機，只要攝錄機拍到勒多森遇害時間後有誰匆匆忙忙逃回停車場，開車去了哥德堡，那這個人就一定是另外一個偷獵者。查他的車牌，就能找到他。」

「啊，對呀。」里貝爾的雙眼放光。

「只要找到他，就能先把他保護起來，還能引瓦頓出來。」南森説。

「那我現在就給警方打電話，叫他們查那天匆忙跑回停車場的人。」里貝爾説着掏出了手機，看了看熒幕，「還好，有信號。」

里貝爾把電話打到了警察局，把時間地點等關鍵資訊都告訴警方，請他們立即查看停車場的錄影，查找另外一個偷獵者。警方答應立即展開調查。

南森他們急匆匆地向回趕去，用不了多長時間，停車場方面就會協助警方，將那天的錄影傳送到哥德堡市警察局，警方要查到那個人，應該還要一段時間。南森他們決定先回酒店裏等消息。

不一會，他們就回到了小鎮的停車場，這裏距離案發地不遠，南森此時完全確定瓦頓那天攻擊了勒多森後，由於去救獵物袋裏的紅松鼠，讓另一名偷獵者有機會跑回停車場，並開車走了。

停車場裏停着的車不多，南森看了看四周的環境，狩獵者都會把車停在這裏，再進入到樹林中去。

天空中，又被一團烏雲籠罩住了，好像要下雨了一樣。海倫輕輕地叫了南森一聲，南森連忙上車。里貝爾駕車向城裏駛去。

汽車飛快地在路上跑着，南森心裏略有些亂，他此時最擔心的就是另外一名偷獵者被松鼠怪找到。這名偷獵者一定被松鼠怪看到了，並把外貌特徵等告訴了那兩百多隻紅松鼠，魔怪找人，有他們的辦法，萬一那名偷獵者被找到，隨時會遇害。

車很快就開進了哥德堡市的城裏，南森一邊想着，一邊向車窗外張望，突然，他心裏一驚。

「停車，靠邊。」南森對身邊的里貝爾説道。

説着，南森下了車，大家立即都跟着下了車。南森下車後，並沒有走遠，而是站在路邊，抬着頭向身邊的一幢公寓樓望去。

公寓樓的三、四樓，幾隻紅松鼠靈活地沿着窗戶跳躍着，每爬上一個窗台，牠們就立着身子向窗戶裏張望着，隨後立即轉往另外一扇窗戶。非常明顯，牠們是在尋找着什麼，窗台之間的牆壁如果很難通過，他們就會先跳到路邊的樹枝上，隨後借着樹枝再跳往另外一個窗台，動作非常熟練。

這幾隻紅松鼠，個子都不大，為首的一隻稍微大一些，牠引領着那些松鼠，沿着窗戶跳躍着，尋找着。

「……五隻、六隻、七隻。」本傑明仰着頭，數着數量，「博士，這羣一共有七隻紅松鼠。」

「這是一支搜索小隊。」南森點點頭，「整個城市裏，有很多這樣的搜索小隊。」

大家都看着那羣紅松鼠，十多秒後，全部松鼠都繞到大樓的另外一側，不見了。很明顯，紅松鼠們就是利用這種簡單的辦法，不惜耗費體力和時間，對這樣一座幾十萬人口的城市進行地毯式的搜索，松鼠怪急於復仇的決心也顯露無遺。

南森叫大家重新上車，他們很快就回到了酒店。剛回去，本傑明就跑到窗邊，把窗簾徹底打開，並把幽靈雷達放到窗台上，他説要是松鼠怪來酒店搜索，正好可以發現他。

南森笑了笑，這雖然是小概率事件，但是本傑明的想

法也沒什麼錯，也顯示他急於找到松鼠怪的心情。里貝爾和他們一起來到酒店，他顯得比較焦急，他把手機放到了桌子上，隨時準備接聽警方的電話，電話遲遲未來，里貝爾在房間裏來回踱着步。

本傑明站在窗戶旁，派恩也湊了過去，他倆一起向外觀察着那些大樓，倒是沒有發現什麼紅松鼠的搜索小隊，也許紅松鼠們已經搜索過這一帶的大樓了。

大街上，行人車輛來來往往，哥德堡的市民們大都沒有很在意突然出現在城市裏的紅松鼠，他們為自己的城市環境能夠吸引這些本應生活在樹林中的小動物而自豪，對於紅松鼠們的登屋爬樓，他們只是認為也許是這些進城的小動物好奇心所致。

里貝爾還在屋中踱步，連海倫都有些坐不住了，不停地看着里貝爾的電話，只有南森比較沉穩地拿着一本哥德堡的城市介紹在看。

突然，里貝爾的手機鈴聲響起，他距離手機有三米遠，愣了一下。

「快去接呀。」海倫急忙喊道。

里貝爾連忙衝過去，拿起電話並接通，電話果然是哥德堡警察局打來的，里貝爾邊聽邊顯露出激動的表情。他拿起桌子上的筆，飛快地記錄下什麼。

「凱根路16號，一幢四層公寓樓中的303室，靠近阿斯博肯街。」里貝爾收起電話，興奮地看着那張紙説，「房主叫亞維林，獨居，一年前因為偷獵被罰款並吊銷了狩獵執照。一定就是他，他可是個慣犯……」

「警方能確定是這個人嗎？」南森站了起來，很小心地問。

「警方根據我們提供的資訊，通過監控發現了他，當時他提着獵槍，匆匆跑到停車場，警方根據他的車牌，一查就查到了。」里貝爾語速飛快地説。

「我們走吧。」南森説着向門外走去，「那裏離我們這裏遠嗎？」

「不算遠，就在哥德堡大學南邊。」里貝爾也向外走去，「開車十幾分鐘就到。」

大家匆匆下樓，里貝爾開車帶着他們向凱根路駛去。南森早就決定，只要找到那人，就儘快把他帶到哥德堡魔法師聯合會保護起來，他偷獵確實不對，但是不能因此再發生一宗命案了。

第八章　瓦頓跑了

凱根路16號的公寓樓裏，亞維林心慌意亂地坐在沙發上，喘着粗氣——他剛才去超級市場買了些東西，幾乎是一路狂奔跑回來的。前幾天，他去了郊外的林地，目的很明確，就是獵殺紅松鼠賣錢，在林中，他結識了一個叫勒多森的人。勒多森受到他的蠱惑，決定和他一起偷獵紅松鼠，他們很快就打到了兩隻，在回去的路上，勒多森被一隻體型巨大的松鼠魔怪殺死，亞維林匆忙逃走，開車回到哥德堡，才慶幸自己總算撿回一條命。他看過兩本魔法書，知道那隻體型很大的紅松鼠一定是個魔怪。

原本想着這件事就這樣過去了，忽然，電視上報道説城裏突然來了一羣紅松鼠，亞維林頓時就明白是怎麼回事了，他不敢出去，也不敢報案，他把窗簾全都拉上，晝夜如此，心想那羣紅松鼠找不到自己，就會離開這個城市。但是他總要生活，剛才他就戴着帽子和圍巾，去超級市場裏買了兩大袋食物和生活用品，隨後匆匆趕了回來。

亞維林慢慢地平靜了下來，他確定沒有被紅松鼠看到，前些天，他似乎感到有什麼東西在窗外活動，當時他都嚇死了，連忙鑽到牀下，等了一會，那東西似乎走了，他才從牀下爬出來。

亞維林坐在沙發上，他一直有一種不好的感覺，或許，自己去那片林子本身就錯了，他需要錢，獵殺紅松鼠能賣不少錢，但因此他曾被抓住，罰了一筆巨款。除此之外，去年他在林子裏追蹤紅松鼠時不慎摔倒，臉被樹枝刮破，差點傷到脖子，至今他的右耳下還有一道長長的傷疤。

亞維林站起來，輕手輕腳地走到桌子邊，倒了一杯水。這些天，他在家裏都不敢弄出大的聲響，從前以為偷獵只會被警察抓，沒想到這次遇到一個松鼠怪，他要為被自己殺死的紅松鼠復仇。被警察抓到最多就是關上幾年，被松鼠怪抓到，一定像那個勒多森一樣，直接被殺死。

亞維林端着杯子，走到電視機旁，他把電視機打開，隨後把電視機的聲音開到最小，他急於了解這羣紅松鼠的情況，前些天有關報道還不少，這些天可能大家對此習慣了，包括互聯網，有關報道幾乎沒有了。電視機的聲音很小，他不敢開大聲音，他找到一個耳機，插上線，才能聽清聲音。他換着台，找着哥德堡市的新聞報道。

窗台外，傳來幾下「悉悉索索」的聲音，好像有什麼東西在扒着玻璃，亞維林戴着耳機，沒有聽到這個聲音。他還在那裏急切地換着台。

「咔嚓——」一聲，亞維林家的窗戶玻璃被撞破了，一隻體型碩大的松鼠怪撲了進來，他用力扯開窗簾，隨後跳到地上。「嗖——嗖——嗖——」，十幾隻紅松鼠隨即從窗戶外鑽了進來，有的站在窗台上，有的跳到地上，全都狠狠地瞪着亞維林。

「吱——吱——吱——」的一陣叫聲，一隻小個子紅松鼠向前走了幾步，指着亞維林，激動地比劃着。

松鼠怪點了點頭，像是確認了亞維林一樣，那隻紅松鼠不叫了。

亞維林背靠着電視機，看着闖進來的松鼠怪，他的身體微微的顫動着，他感覺自己這次逃不過去了。

「你殺了我的同伴。」松鼠怪沒有立即撲上來，而是開口説話了，他盯着亞維林，聲音低沉。

「我……」亞維林繼續顫抖着，聲音也在抖。

「嗖——嗖——嗖——」，又有幾隻紅松鼠鑽了進來，怒視着亞維林。

「你認錯人了……」亞維林擺了擺手，「我……」

還沒有說完，亞維林轉身就衝進了裏面的房間，那些紅松鼠跳着要跟進去，松鼠怪一揮手，制止了大家。

亞維林轉身出來的時候，手裏端着一把長長的雙管獵槍，獵槍裏有子彈，這是他早就準備好了的，萬一松鼠怪衝進來就可派上用場，結果松鼠怪果然來了。

「是我殺的又怎麼樣！」亞維林手裏有了武器，不那麼害怕了，他把獵槍對準了松鼠怪，咆哮着，「你也殺了我的同伴。」

紅松鼠們看見亞維林的獵槍，嚇得全都躲到了松鼠怪的身後，還有幾隻鑽到了沙發下。

松鼠怪冷笑了一聲，隨後迎着槍口邁步上前。

「啪——」，亞維林開槍了，子彈打在松鼠怪的胸口，松鼠怪只是輕輕地晃了一下身子，雙管獵槍射出的兩發子彈，全部被彈飛了。

亞維林頓時愣住了，他也聽説過魔怪不怎麼懼怕子彈，但是自己這把槍口徑超大，是獵熊用的專業獵槍，而且距離又這麼近，殺不死魔怪，也能擊傷他，但是松鼠怪居然毫髮無傷，亞維林這下真正的慌了，他絕望了。

「咔——」的一聲，松鼠怪上前一步後，一把抓住了槍管，亞維林都不知道該怎麼辦了，他只是下意識地往回拉槍管。但是松鼠怪力氣巨大，略微一用力，就把那把槍奪了過來，亞維林連忙鬆手，身體差點被拉倒在地。

松鼠怪又冷笑一聲，他抓着槍管，用力一拗，長長的槍管頓時就彎了。紅松鼠們全都跳了出來，興奮地跳躍着、歡呼着，松鼠怪把拗彎的獵槍扔在地上，那些紅松鼠更加興奮了。

亞維林轉身退到了裏面的房間，但是他無路可去，松鼠怪隨即跟了進來。亞維林靠在牆邊，松鼠怪猛地上前一步。

「你別過來——我——」亞維林慌忙擺着手，哀求起來。

「啊——」松鼠怪大喊一聲，身體彈起，雙爪伸出，抓向亞維林的脖子。

「救命——」亞維林絕望地大喊起來。

「轟——」的一聲，一枚凝固氣流彈擊中了高高躍起的松鼠怪，隨即爆炸，松鼠怪被炸得掉落在地，亞維林也被氣浪重重地推倒在地。

凝固氣流彈是南森射出的，他們剛才匆匆趕到，剛進到三樓的走廊，就聽到303室傳來一聲槍聲，他們連忙衝到303室的門口，用透視眼向裏面望去，剛好看到亞維林向裏面的房間跑去，南森立即唸穿牆術口訣衝了進去，看到松鼠怪要殺亞維林，連忙射出一枚氣流彈阻止。

松鼠怪被炸倒在地後，連忙爬了起來，他的抗擊能力看來非常強，氣流彈突然擊中他，他沒有一點防備，但是被炸中後只是倒在地上，看不出受了什麼大的影響。松鼠怪看到衝進來的南森，也愣住了。亞維林則躺在地上，痛苦地扭曲着身體，大喊着救命。

那紅松鼠看到自己的首領被炸倒後站了起來，連忙都站到他身邊，這次他們一起怒視着衝進來的南森他們。

「瓦頓，你不能傷害他。」南森對松鼠怪喊道，「他殺了紅松鼠，確實不對，但你出手太狠……」

「你知道我的名字？」松鼠怪瓦頓很是吃驚地打斷了南森，「你怎麼知道我的名字？」

「這不重要。」南森擺擺手，「你現在就跟我走……」

「跟你走？」瓦頓叫了起來，「去哪裏？」

「哥德堡魔法師聯合會，你必須接受審判，你殺了一個人……」

「我連你也殺了——」瓦頓不等南森説完，揮舞着雙手就打向南森。

南森身邊的本傑明和海倫早有準備，上前一步攔住瓦頓，瓦頓揮拳就砸向海倫，海倫伸手擋開了瓦頓的拳頭，本傑明趁機上前一腳，踢到瓦頓的腰上，瓦頓叫了一聲，身體一歪，差點摔倒。

瓦頓立足未穩，里貝爾和派恩飛身趕到，兩人一起上前去抓瓦頓，瓦頓的一隻手臂被里貝爾抓住，另一隻被派恩抓住，里貝爾和派恩用力一扭，瓦頓用力掙脱。那邊，本傑明已經準備好綑妖繩了。這時，瓦頓大喊一聲，猛地雙腳蹬地，他手臂上的皮毛很是油滑，里貝爾和派恩都沒有抓住，瓦頓向上一躥，頭頂都要碰到天花板了，他擺脫了里貝爾和派恩。

瓦頓落地後，南森上前要去抓他，瓦頓後退一步，隨後唸了一句魔法口訣。

「旋風臂——」

「呼——呼——」兩股高速轉動的旋風分別出現在瓦頓的雙臂上，纏繞着他的雙臂。旋風的風速很大，房間裏略微輕點的東西都被風吹得飄了起來，海倫的頭髮也被吹了起來。

「啊——啊——」瓦頓揮舞着雙臂向南森撲去，兩股旋風就纏裹在他的手臂上，還沒有接近南森，南森就感覺到了風勢之大，他想出手迎擊，但是風吹得他幾乎睜不開眼睛，南森連忙用手臂遮擋着強大的旋風。

「呼——」的一聲，瓦頓一拳砸在南森的身上，南森躲閃不及，差點被砸倒在地。里貝爾和派恩在瓦頓的側後方，看見他背對着自己，兩人連忙上前，一個出手一個踢腳，一起攻擊瓦頓。

瓦頓感覺到了背後的攻擊，他先是閃身躲過，隨後一轉身，揮着手臂撲向里貝爾和派恩，兩人連忙後撤，海倫和本傑明也來助戰，但是仍被風吹得睜不開眼睛。

遠處的紅松鼠們看到這一幕，全都高興地蹦跳着，揮舞着雙臂的瓦頓則更加得意了。

「轟——」的一聲，南森向瓦頓的手臂射出了一枚凝固氣流彈，氣流彈在瓦頓的手臂旁爆炸，紅松鼠們連忙四處找掩護躲藏。

「炸碎他的旋風——」南森大聲地提醒着海倫他們，隨後，他又向瓦頓射出了一枚凝固氣流彈。

海倫他們頓時明白了什麼，紛紛後退幾步，隨後一起向瓦頓的手臂連續發射氣流彈。

十幾枚氣流彈先後向瓦頓的手臂射出，瓦頓躲避着，氣流彈追着他炸，他倒不是很害怕氣流彈對自己的攻擊，但是他明白南森他們要炸散自己的旋風，五、六枚氣流彈被他躲開，但是其餘的氣流彈紛紛炸中他手臂上的旋風，有三枚還直接鑽進旋風後爆炸。

瓦頓退到了牆邊，氣流彈攻擊已經停止了，瓦頓繼續揮舞着手臂，突然，他發現兩個手臂上的旋風都沒有了，他只是在揮動手臂，旋風已經完全被炸散了。

瓦頓當即愣在了那裏，他有些不知所措了，這時，南森他們呈包圍狀向他走了過來。瓦頓後面是牆壁，沒有退路了。

「啊——」瓦頓大吼一聲，突然轉身竄向身邊的窗戶，「噹——」的一聲，他撞破了玻璃，從窗戶鑽了出去。南森一個健步跳上窗台，剛要唸穿牆術口訣跳出去，忽然，四、五隻紅松鼠一起跳到他的身上，又是抓又是咬，還大聲地叫着，窗台下也是如此，里貝爾、海倫他們都各自被幾隻紅松鼠糾纏住了，他們一起揪扯着紅松鼠，對這樣的小動物，他們也不能下重手，只是把他們拉下來。利用這個時機，瓦頓跳出窗外後，飛身躍上一棵大樹，跳躍着，很快就不見了蹤影。

紅松鼠們被拉扯下來後，繼續撲向南森他們，南森揮動手臂阻擋着牠們，一些紅松鼠重重地摔在地上，看到自己的首領成功脱逃，也從破碎的窗洞跳出去跑了。

「下去——下去——」本傑明的身上還爬着兩隻紅松鼠，兩隻紅松鼠對他又抓又咬，本傑明打下來一隻，伸手抓住了一隻，「你們這些小幫兇——」

被抓住的紅松鼠看準機會，對着本傑明的手一口咬了上去，本傑明痛得大叫起來，他用力一甩，那隻紅松鼠被摔在地上，紅松鼠爬起來，看了一眼本傑明，一瘸一拐地跑到窗洞，隨後越過去，逃走了。

所有的紅松鼠都跑掉了，海倫和南森走到窗邊，看着窗外，窗外不要説瓦頓，就連那些剛逃出去的紅松鼠也不見了蹤影。

第九章　還是要去林地

「跑掉了，全都跑了。」南森喃喃地說，那些紅松鼠，其實也很無辜，自己的同伴被殺，他們是跟着首領來復仇的，的確不能用人類的法律尺度來衡量這些受保護的小動物的行為。

「……你別把牠們抓在手裏呀。」海倫走到一邊，掏出急救水倒在本傑明的傷口上，「齧齒類動物，嘴裏有病菌，一定要消消毒……」

「這些小幫兇，這些小罪犯。」本傑明咬牙切齒的，「下次我要是遇見牠們，饒不了牠們。」

「你和小松鼠生什麼氣呀。」海倫勸道，「哎，只是這些小松鼠，掩護了一個魔怪。」

「你們……」亞維林剛才一直躲在一個櫃子後看南森和松鼠怪的交戰，此時，他驚魂未定地從櫃子後走了出來，「你們是誰？魔法師還是警察？」

「警察？」派恩看着亞維林，指了指自己，「你見過這麼小的警察嗎？我是天下第一超級無敵魔幻小神探……」

「天下……第一……超級……」亞維林盯着派恩，一字一句地説。

「我們是魔法師。」南森走了過去，「你就是亞維林吧？」

「對，我是。」亞維林連忙點點頭。

「前幾天你去北面的阿格德林地，你和一個叫勒多森的人偷獵紅松鼠，勒多森被殺了，你跑了回來……」南森直接説道。

「我……」亞維林擺了擺手，「我沒有偷獵紅松鼠，我現在很規矩，我愛護小動物，正準備參加動物保護協會……」

「聽着，亞維林先生。」南森做了一個停止的動作，「你以為我們到這裏來是偶爾路過？你以為剛才那個松鼠怪來殺你是因為你還沒有參加動物保護協會？」

説完，南森直直地盯着亞維林，亞維林則把頭低了下去，躲避着南森的目光。

「我……」過了足有半分鐘，亞維林抬起頭，他開口了，「是，我是去過那片林地偷獵紅松鼠，我非常缺錢，我……」

「你以前認識勒多森嗎？」南森打斷了亞維林。

「不認識。」亞維林搖了搖頭，「我是在樹林裏遇到他的。我一直在找個有合法狩獵執照的人合作，你可能知道，我的狩獵執照被沒收了，即使沒有偷獵紅松鼠，帶着槍進那片林地也是違法的，萬一被警察發現，就要坐牢了。我向兩個遇到的獵人講了殺紅松鼠賣錢的建議，他們都拒絕了，只有勒多森沒有拒絕，他好像也很缺錢，我們就在林子裏轉來轉去的……」

「你們殺了幾隻紅松鼠？」南森再次打斷亞維林。

「兩隻，這小東西狡猾得很呢，不好打。」亞維林說到這裏，兩眼突然放光，「不過再狡猾也逃不過我的觀察，我們很快就打下來兩隻。」

「你們在什麼地方射殺紅松鼠的？」

「靠近林地的邊緣吧，先打下來一隻，接着又打下來一隻。」

「你們沒有進入樹林的腹地？」

「還沒到那裏呢，要是打不着，我們會深入的。不過我們很快就打到兩隻。」

「怎麼不接着打了？你們打到兩隻後就向林子外走了？」南森不無嘲諷地問，「良心發現了？」

「我聯繫了一個買家，準備把打到的兩隻先賣掉，就和勒多森回去停車場。」亞維林説，「快走出林子的時候，有個怪物，啊，就是剛才那個，他從樹上跳下來，殺了勒多森，我逃跑了，跑到停車場開車回來了，那怪物沒有立即追上來。」

「獵物袋是勒多森提着的吧？」

「是的。」

「我可以告訴你為什麼，松鼠怪殺了勒多森後，忙着去救獵物袋裏的同伴，你僥倖逃脱的。」南森説道，「他要是不去救同伴，你跑不掉的。」

「可是他還是找來了，前些天我看到電視報道，説城市裏突然出現了一羣紅松鼠，我就知道牠們來幹什麼了，我這些天一直躲着，但是我要買東西呀，剛才去了一次超級市場，可我沒看見周圍有紅松鼠呀。」亞維林臉上出現了恐懼的表情，「還有，他們怎麼知道我就住在哥德堡市呢，去那林子裏打獵的人可是哪裏的都有。」

為什麼瓦頓會知道亞維林住在哥德堡市呢？

「這也是我們想知道的答案。」南森說，「那天去林子裏打獵的人多嗎？」

「狩獵季節才剛開始，來的人很少。」

「遇到魔怪這麼大的事你也不報告。」里貝爾看着亞維林，指責道，「看看，要是我們來晚一步，你就被殺了。」

「我……」亞維林低下了頭，「我……害怕警方知道我偷獵的事。」

「好了，里貝爾先生，把他帶走吧……」南森說道。

「帶到哪裏去？我不要去警察那裏……」亞維林急忙擺着手，「我只是殺了那兩隻紅松鼠，沒幹別的……」

「現在這種情況，警察也保護不了你。」南森說，「你會被帶到魔法師聯合會，對你來講，只有那裏是安全的。」

「好，好，我去。」聽説是去魔法師聯合會，亞維林連忙點了點頭。

大家一起帶着亞維林去了魔法師聯合會，甘普會長外出了。亞維林到了以後被安排到一個房間裏，現在，只要危險不解除，他就一步也不能邁出魔法師聯合會的大門。

南森請里貝爾找了一間辦公室，他們都進到辦公室裏。大家都急於知道南森下一步怎麼打算，南森請保羅升起電腦熒幕，並調出阿格德林地的地圖，先找到了河狸先生利奧波德的住處，再從那裏向北，找到了那片瓦頓建立的林中王國的位置。

衛星地圖有那片密林直觀的鳥瞰圖，與其他林地相比，那裏的林木的確更加茂盛，而且似乎更加高大。這片密林的面積不算太大，不過住兩百多隻紅松鼠綽綽有餘了，當時亞維林和勒多森沒有走進這片密林，這裏都是紅松鼠，但是只要在密林裏射殺一隻紅松鼠，兩人一定會被就在密林裏的瓦頓殺害。

「你們怎麼看？」南森沒有急着説出自己的想法，而是環視着大家。

「繼續抓他。」派恩先開口了，「就是不知道他跑到哪裏去了，不過他一定不敢來魔法師聯合會，亞維林現在算是安全了。」

「博士，你覺得……」海倫看了看那片瓦頓的王國，「我們要去那裏找瓦頓嗎？他會跑回去嗎？」

「他們現在正在回去的路上。」南森很是平靜地說，「利奧波德說，那裏是他們的一個小王國，躲回那裏去，對他們來說也許是最安全的。」

「那我們就去抓呀。」本傑明着急地說。

「他們還沒到，到了以後也不會離開，等他們到了我們再去，瓦頓跑不了。」南森繼續平穩地說。

「博士，請問他們不怕我們跟去嗎？」里貝爾問，「我們既然能及時趕到亞維林家，也能追蹤到瓦頓的老巢，這點他很明白。」

「因為他的那些手下會報信。」南森說着望了一眼熒幕上的地圖，「瓦頓不是一個人，幾百個手下都在林子裏，我們只要靠近那片林地，就會被發現，他有充分的機會逃走，而他也知道，我們不會傷害那些紅松鼠，所以他無所謂，根本就不怕我們跟過去。」

「這傢伙，真的當『國王』了。」本傑明握着拳頭說，「那就沒有辦法了嗎？要是被發現，我們是無法靠近他的，剛才那隻紅松鼠還咬了我一口，牠們為了保護這個『國王』，可都夠賣力的。」

「辦法當然有。」南森微微一笑，「我們隱身進去。」

「啊，這可是個好辦法。」本傑明立即興奮起來，「隱身進去，紅松鼠發現不了，找到瓦頓就抓住他。」

里貝爾他們聽到南森這個計劃，也很高興。海倫剛才一直在為怎麼找到瓦頓擔心呢。

南森叫保羅收起電腦熒幕，看着興奮的大家，南森又向窗外看了看。

「今天不能行動了。」南森說。

「啊？」派恩一愣。

「我知道。」海倫連忙說，「現在趕到那片林子，就傍晚了，再隱身進去，天就完全黑了。根據我們的行動法則，林地這種地形，能不在晚上實施抓捕，就不在晚上行動。」

「對，黑夜會成為他最好的掩護。」南森說着站了起來，「我們先回酒店，擬定一個完整的計劃，再休息一下，明天行動。」

里貝爾開車送南森他們回酒店，他留了下來，和南森他們一起制定計劃。第二天的行動，哥德堡魔法師聯合會派出人員支援，南森決定要這些人員守在瓦頓盤踞的林地周邊，形成一個最外面的包圍圈，自己帶着里貝爾和小助手們進入林子捉拿瓦頓。

一份詳盡的計劃很快就制定出來，明天一早，他們就要再次回到那片林地了。

里貝爾把電視機打開，調到新聞頻道，他想看看有沒有關於紅松鼠的報道，如果紅松鼠還在城裏大規模活動，那就説明牠們沒有回到林地，不過這種可能性極小。瓦頓知道南森他們是魔法師，而且是去救亞維林的，一定帶着那些紅松鼠離開了城市。

里貝爾離開了酒店，南森叫海倫他們都輕鬆一下，晚上早點休息，第二天有一場硬仗等着他們呢。他們要去的那片林地，是瓦頓苦心經營了好多年的，裏面的情況什麼都不知道，而瓦頓又是那樣兇殘，還有很多不能傷害的紅松鼠，第二天面對的情況將很複雜。

儘管第二天有行動，南森也催促小助手們早點休息，但是他們全都處於一種興奮的狀態之中，尤其是派恩，他剛來偵探所不久，參加的行動不多，派恩躲到房間一角，苦練霹靂雲絕招，練好這個招數，他隨時就能使用。

海倫和本傑明、保羅在沙發那裏預想着明天發生的事。保羅明天去林地那裏，將攜帶追妖導彈，海倫在一邊一直提醒他，松鼠怪瓦頓已經殺害一人，根據慣例，見血後的魔怪將越加兇殘，殺戮成性，所以用導彈攻擊瓦頓沒有問題，不過要顧及那些紅松鼠。保羅說自己會掌握好尺度。本傑明則一直看着地圖，用筆在上面圈點，他在找瓦頓可能的逃跑路線，而這種路線一定要被封死。

第十章　隱身

第二天一早，大家都起得很早，昨晚在南森的催促下，他們休息得也不算很晚。派恩醒了後，又興奮起來，他向大家宣布，自己的霹靂雲魔法已經基本掌握了，並要展示給大家看，不過海倫制止了他，吃過早餐，他們就要下樓和里貝爾匯合出發了。

大家吃過早餐，查看了一下各自需要帶的設備，海倫他們的幽靈雷達早就調較測試好了，保羅檢查自己的追妖導彈發射程式順暢無誤。隨後，他們準時到樓下，里貝爾已經在酒店大堂等候着了。酒店外，里貝爾的車停在街邊，這輛車的後面還停着一輛車，車邊站着五個魔法師，他們都是里貝爾在哥德堡魔法師聯合會執法部的同事，今天要一起參加行動。南森他們和這幾個魔法師簡單地打了招呼，大家便上了各自的車，向城市的北面急駛而去。

本傑明坐在車上，刻意地向城市街道兩旁的樹和公寓樓看去，沒有紅松鼠在上面活動了。牠們都跟着瓦頓回到自己的「王國」了。

汽車很快就開到城北的阿格德鎮的停車場，大家都下了車，南森簡單向他們講解了一下行動，並提醒大家進入林地後要盡量保持安靜。

阿格德林地，樹靜風止，它似乎正等待着大家。南森彎下腰，看了看保羅。

「老伙計，路線設置好了吧？」

「好了，河狸先生家向北四、五公里的那一片茂密山林。」保羅晃着腦袋説，「跟着我走就行了。」

「瓦頓在這片林地深處的一個茂密山林中，但是整個林地都可能有紅松鼠活動，一旦發現我們，會立即通知瓦頓。」南森看了看身邊的人，「所以我們現在要隱身進入森林了，儘管這會耗費大家的魔力，但是我們不得不這樣做。」

大家都清楚南森的意思，紛紛點着頭。

「看不見我的人也看不見我的形。」南森唸了一句魔法口訣，「唰」的一下不見了。

其他人也各自唸魔法口訣，一個個彷彿消失在空氣中。他們隱身後，都開啟了自己的魔眼功能，法力高的如南森、里貝爾，能很清楚地看到其他隱身的人，法力低的如派恩，只能隱約看到身邊那些隱身的人。

「出發。」看到大家都完成了隱身，南森點點頭，隨後揮了揮手。

保羅第一個進了樹林，其他人緊緊跟上，五個魔法師人手一台魔怪搜索設備，加上海倫、本傑明、派恩手裏的三部幽靈雷達，保羅的魔怪預警系統，這些設備密集地向林中開始發射探測信號，儘管他們都知道，前面距離瓦頓的那個「王國」還遠。

樹林裏一直都顯得很安靜，小鳥不知道都飛到哪裏去了。地面上也不見動物的蹤影。大家前進時，只有腳踩在地上發出的「沙沙」聲，整個森林安靜得令人不安。忽然，一個樹杈上有個影子一晃，本傑明一驚，不過他手中的幽靈雷達沒有任何反應，他仔細一看，樹上一隻灰松鼠也看着自己，沒錯，那是一隻灰松鼠。灰松鼠看不到地面上行走的人，一轉身，鑽進了一個樹洞去。

大家繼續前進，前方側面一公里，就是河狸先生利奧波德的住處了，今天的行動，他們不會去打攪利奧波德。擁有正義感，但喜歡安靜處事的河狸先生，已經給他們很好的幫助了。

本傑明看着路，用手中的幽靈雷達對着利奧波德家的方向探測了一下，幽靈雷達的探測距離有四、五百米，這裏距離利奧波德家有一千米，不過如果利奧波德就在附近活動，還是能探測出來的。但就如本傑明預想的一樣，雷達熒幕上什麼反應都沒有。

再向前四、五公里，就是瓦頓的巢穴了，大家略微加快了些速度。本傑明的法力低些，只隱約能看見海倫走在自己的前面，派恩跟在自己身後。

天空晴朗，但是林中比較昏暗，他們一路穿行在樹叢中，漸漸地接近瓦頓的巢穴。一路上，他們沒有發現紅松鼠，不過就在距離瓦頓巢穴不到一公里的地方，保羅先是用儀器探測到前方有一處極為茂密的樹林，隨後，兩隻紅松鼠出現在一棵大樹上，牠倆好像是哨兵，在樹上站着向周邊遙望着。

南森模仿了一聲鳥鳴，按照計劃，這就是提醒大家注意。大家都看到了樹上的兩隻紅松鼠，都放慢了腳步，極安靜地從那棵樹下慢慢地通過，絲毫沒有驚動樹上的兩隻紅松鼠。走過那棵樹後，他們繼續向前，這回在行進路線的樹上沒有再發現別的紅松鼠了。那兩隻紅松鼠的出現，也印證了瓦頓已經帶着那些同伴回到了林地。

前方，不到兩百米處，大家用肉眼幾乎都能看見，一片茂密的樹林出現了，和目前他們所處位置那些稀鬆生長的樹木不一樣，茂密樹林的樹木，間距都非常小，所有樹木的樹枝幾乎都盤繞在一起。

大家的速度都放慢了，此時不用保羅帶路了，南森走

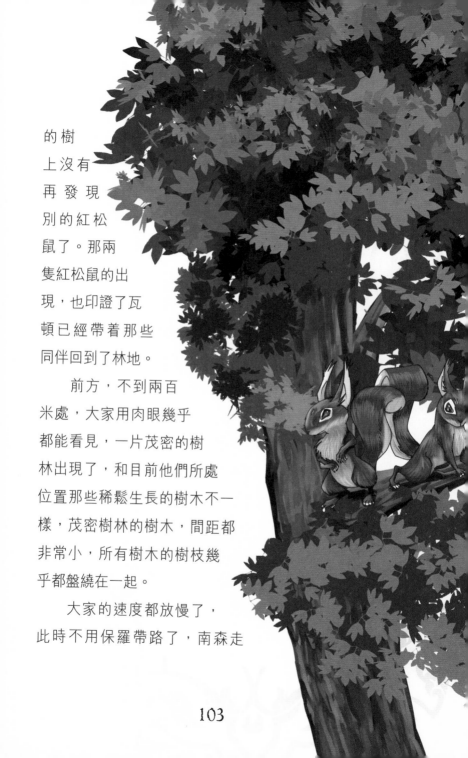

在最前，大家都小心地跟在他身後，他們又向前走了幾十米，附近的幾棵樹上，突然竄過四、五隻紅松鼠，大家連忙停下腳步，那些紅松鼠沒有察覺到任何聲響，沿着樹枝，跳到另外一棵樹的樹枝上，跑遠了。

南森對身後的人都擺了擺手，大家都停在了原地，南森叫保羅上前，隨後在保羅身邊蹲下。

「有沒有探測到什麼魔怪反應？」南森對保羅小聲地說。

「沒有。」保羅搖搖頭，「那傢伙如果在林子裏，藏得一定也很深，而且我的探測信號只能發射一千米，這片林子這麼密，我的實際探測距離不會超過五百米，他要是距離我們超過五百米，我就探測不到了。」

「嗯，看來無論如何我們都要進到裏面去了。」南森拍拍保羅，隨後站了起來。

南森自己向前走了幾米，看着那片林子，從衞星圖上看，這片特別茂密的林子呈現出一個不規則的正方形，面積大概有四平方公里左右。對於裏面的情況，南森他們一無所知。遠遠的，南森看到又有兩隻紅松鼠在林子邊上的一棵樹上跳躍着。

南森走了回來，把大家叫到一起，他觀察了一下，四周沒有紅松鼠，於是壓低了聲音。

「按計劃，你們沿林子的邊緣等距布防，形成一個包圍圈。」南森對那幾名魔法師說，「你們布置好後，用對講機通知保羅，通話的時候一定要小心，觀察一下周圍有沒有紅松鼠。」

幾個魔法師都點了點頭。南森又告訴他們，自己和里貝爾、幾個小助手將進入那片茂密的樹林，雙方有事都要隨機應變，並保持及時的聯繫。幾個魔法師明確任務後，開始沿着密林周邊向密林的兩側移動。

南森耐心地等待着魔法師們完成布防。他們都看着前面的密林，忽然，密林邊上的大樹上，幾隻紅松鼠突然出現，隨後一起下到地面。南森這邊頓時緊張起來，他們相互看了看，所有人都完全處於隱身狀態，不可能被發現。

那幾隻紅松鼠向前走了幾米，隨後比較激烈地開始相互追逐，像是在嬉鬧玩耍，這下大家才放下心來。本傑明原本都已經準備迎戰了。

幾分鐘後，第一名魔法師傳來了已經到位的信號，保羅把自己這邊的對講系統轉移到了身體的電腦裏，沒有聲音傳出。接着，其他幾名魔法師已完成布防的訊息陸續傳來，十幾分鐘後，最後一名魔法師報告説自己已經到達預定地點。

「好了，他們都到了。我們現在就進去。」南森看了看周邊的幾個人，隨後看看保羅，「老伙計，告訴魔法師們，我們開始進入密林。」

南森説着就向前走去，大家緊緊跟在他的身後，保羅利用電腦系統，向在周邊把守的魔法師們發出了自己這邊開始出發的訊息。

前面，幾隻紅松鼠還在嬉鬧，南森略微向旁邊繞了近百米，想避開那幾隻紅松鼠，儘管他們都是隱身，不會魔法的紅松鼠完全看不到他們，但是他們隱身並不是消失，腳踩在地面上還是會發出輕微的聲音。

他們慢慢地挺進前方的密林，就在距離密林邊緣還有五十多米的時候，本傑明和保羅幾乎同時發現了魔怪。

「有魔怪！」本傑明小聲地叫着，「在我們的後面……」

第十一章　保羅探測到了魔怪

「快速向我們移動……」保羅跟着説。在本傑明的幽靈雷達上，一個魔怪急速地從身後向這邊衝來，南森立即做好了迎戰準備。轉眼，那個魔怪就衝到眼前，本傑明想迎上去交戰，仔細一看，原來是河狸先生利奧波德，他可沒有隱身，他箭速一樣地衝到大家眼前。

「喂，你們不要進去。」利奧波德幾乎收不住腳，慣性使得他直撲過來，南森和里貝爾一起拉着他，他衝到南森的懷裏，這才停了下來。

「利奧波德先生，你怎麼來了？」南森説着警惕地看看四周，「小點聲，我們是隱身的……」

「我當然知道你們是隱身的。」利奧波德看着前方的密林，盡量壓低聲音，「我開啟魔眼了，看你們非常清楚。我就知道你們要來，紅松鼠一回來，你們就會來……」

「瓦頓回來了，我們要去抓他。」南森説道，「我們必須進去……」

正說着，二十多隻河狸匆匆地走過來，牠們是跟着利奧波德一起來的，因為不會利奧波德的急走法術，牠們都落在了後面。

「裏面很危險，有機關暗器。」利奧波德拉着南森，

急切地說，「你們昨天走了以後，我的一個手下跑來告訴我，牠想去密林裏看看，進去後不久發現樹木之間被堆放的樹枝擋住了，牠想從樹枝上翻越進去的時候，就掉下來一塊大石頭，差點砸中牠，牠一定觸碰到機關了，牠就嚇得跑掉了。晚上瓦頓就帶着紅松鼠們回來了。」

「我們知道進去一定有危險。」南森把頭幾乎湊到利奧波德的耳邊了，「這個你放心，我們會小心的，感謝你提醒我們這些。瓦頓回來是因為我們在城裏阻止了他的行兇，他不得不回來了。」

「噢，你們知道就好。」利奧波德算是鬆了一口氣，「那你們一定要進去了？」

「是的，不僅是要找到瓦頓，如果這裏有機關陷阱，對今後進入森林的人也是個很大的威脅。」南森說。

「好，那我們……」

「你們回去吧，裏面太危險了。」南森指了指身邊的人，「我們這麼多人，足夠了。林子周邊也有我們的魔法師，只要瓦頓在裏面，他就跑不了。」

「那我就在這裏等着吧，有什麼要求就和我們說。」利奧波德很不放心地說，「一定要抓住那個瓦頓呀，他已經殺過人、見過血了，今後這片林子不會安寧了。」

「好的，你們不要貿然進來。」南森說，「我們進去會小心的。」

說着，南森向大家揮揮手，繼續向密林進發。利奧波德帶着手下，看着南森他們的背影。很遠處，有幾隻紅松鼠，牠們只是看到一些河狸在密林旁邊，並沒有太在意。

南森他們走到了密林前，這裏的樹一棵棵高密度生長，南森第一個邁步進到密林之中，進去以後，本來就比較昏暗的樹林就更加昏暗了，他回頭看了看身後，里貝爾、海倫、本傑明和派恩都跟着進了密林，保羅就在自己的腳邊。

由於樹木之間的間距都不大，他們幾乎都是扶着樹的樹幹前進的，前方顯得非常安靜，安靜得讓人感到惶恐不安。

「吱——吱——」的聲音傳來，頭頂上，一隻紅松鼠突然把頭探出樹枝，樹下，南森他們立即都不敢動了。

「咔——咔——」另一隻紅松鼠不知從哪裏跳到樹枝

上，發出不同的叫聲，隨後，兩隻松鼠跳躍着走了。

更遠方的樹上，可以清楚地看到三隻紅松鼠從樹下爬到樹上，轉眼就不見了。

這裏果然是紅松鼠的王國、瓦頓的王國，也許哪一隻就是昨天幫助瓦頓逃走的紅松鼠，或是狠狠咬了本傑明的那隻紅松鼠。

本傑明心有餘悸地看了看自己的手，被紅松鼠咬的那裏因為塗抹了急救水，已經完全好了。南森此時確定自己這邊沒有被發現，揮揮手，大家繼續前進。

他們繼續向前穿行了幾十米，樹上不時出現紅松鼠的身影，大家都盡量輕輕地踩在地面上，盡量不去踩踏那些斷枝。

又向前了幾十米，保羅忽然跳到大家前面，拼命揮着手，叫大家停止前進。南森連忙蹲下。

「前面，五百多米的地方，有極輕微的魔怪反應。」保羅指着正前方，把嘴湊近南森的耳朵説道，「是瓦頓的反應，昨天在亞維林家，我和瓦頓面對面時，記住了這個反應信號。」

南森頓時既興奮又緊張，他往回走了兩步，把大家召集在一起。

「瓦頓就在前面，距離我們五百多米，保羅找到他了。」南森看了看海倫，「海倫，你們的幽靈雷達……」

「還沒反應，這裏樹木茂盛，幽靈雷達有效探測距離可能只有三百米。」海倫說，聽到南森的話，她也很激動。

「我們跟着保羅，先靠過去。」南森繼續小聲地說，「老伙計，給密林外的魔法師發信號，說我們探測到目標了，正在靠近。」

保羅向外面的魔法師發送了通知信號，隨後走到了前面，現在大家又要靠他引領了。保羅向前走了十幾米，探測到的魔怪反應比剛才略微強了一些，但是還不夠穩定，從探測信號看，目標始終未移動，或是坐着，或是躺着睡覺呢。

他們又前行了十幾米，忽然，前面的「路」被堵住了，本來他們是穿行在樹木之間，也算走路，但眼前的樹木間都明顯地被設置了障礙物——大量斷枝被填塞在樹木之間，要是想穿過去，必須移動開那些樹枝，或者爬到樹

上，從斷枝上跳過去。

他們繞了十幾米，發現那裏的樹木之間都被斷枝填充了，形成了一道明顯的圍牆，貿然搬動樹枝，一定會驚動樹林裏的紅松鼠。

南森在一棵樹前蹲下，大家都圍了上來。

「你們看，充當障礙物的樹枝大都一米多高，沿着樹爬高一點，完全可以跳過去。」南森指了指身邊的兩棵樹，「但是一定沒有這麼簡單，利奧波德的手下就是想爬過去，結果應該是觸碰了機關，上面掉了塊大石頭下來。」

大家都抬頭向樹上望去，高處的樹枝都纏繞在一起，樹葉茂盛，什麼都看不見，如果茂密的樹葉中架設着巨石，連接着下面的機關，貿然翻越危險極大。

保羅已經走到了樹旁，他很是隱蔽地開啟了自己的視覺分辨掃描系統，在兩棵樹之間探測着，隨後，他興奮地轉身回來。

「兩棵樹之間，有兩根垂直的絆線，透明的，不到一毫米粗，肉眼根本就看不到。」保羅對大家說，「要是觸動了這兩根線中的任何一根，巨石就落下來了。」

「果然是機關設計。」里貝爾點着頭説，「我估計不僅是巨石落下這麼簡單，巨石落下後，裏面的魔怪一定會知道，昨天河狸觸動了機關，但是紅松鼠們還沒回來呢。」

「那我們怎麼進去？」派恩非常着急地問。

「昨天河狸觸碰的那個地方，可能沒有巨石了……」里貝爾想了想，然後又搖了搖頭，「不對，紅松鼠都回來了，如果發現那裏落過巨石，一定重新架設了機關。」

「我們沿着這周圍走一走，一定有地方能進去。」海倫警惕地看着四周，小聲地説，「牠們應該也給自己留個進出口吧，從設置着巨石的樹上走他們也有危險。你們看，這些樹上沒有一隻紅松鼠。」

確實，被斷枝填堵的樹木上，看不見一隻紅松鼠，看來牠們知道在這樣的樹上行走很危險。南森向西面指了指，意思是向那個方向去找進出口，大家明白了他的意思，跟着他向西走去。

牠們沿着樹圍牆一路向西前進，保羅很是興奮，牠基本鎖定了瓦頓的魔怪反應，瓦頓就在樹圍牆裏，儘管那個反應有些飄忽，但始終存在。

向西走了一百多米，忽然，大家都興奮起來，前面真的出現了一個進出口，那是兩棵更加粗大的樹之間，沒有任何斷枝，完全是開放的，似乎引領着人們進入。

南森他們立即來到進出口的兩邊，從這向裏面看，裏面居然出現了一片開闊地，開闊地上，只有一些稀鬆生長的樹，更遠處，似乎有一個城堡一樣的建築，由於樹木所擋，看得不是很清楚。城堡距離南森他們不到五百米遠。

「博士，瓦頓就在那裏。」保羅指着正前方的那個城堡說，「魔怪反應就是從那裏發出來的。」

「找到他的老巢了。」本傑明非常激動，他握着拳頭，似乎要起身，「我們進去……」

「不要。」南森一把拉住了本傑明。

本傑明回頭看看南森，南森又把大家叫到一起。

這時，出入口的裏面有幾隻紅松鼠走過，兩隻紅松鼠跳躍着，從南森他們身旁不遠處走了進去，和那幾隻紅松鼠匯合後向「城堡」走去。

「別的地方都封閉起來，這裏留着一個出入口。」南森小聲地說，他指着樹上樹下，「連一個哨兵都沒有布置，這是一個陷阱，引導不知情的人進入的。」

「紅松鼠都進去了，沒事。」本傑明說。

「樹木之間的巨石，是機械機關，紅松鼠碰到石頭也會落下來，這裏……」南森警覺地看着那個進出口，「完全沒有防備的樣子，連個大門也沒有，瓦頓不會遺漏這裏的，紅松鼠們能隨便進入，外人則不一定！」

「那怎麼辦呀？進還是不進？」派恩有些着急地問。

「等一下。」南森對大家擺擺手，隨後站了起來。

南森走到一棵樹邊，看了看四周，他發現一棵樹下有一截木樁，木樁有二十厘米粗，三十厘米長，南森撿起那根木樁，來到出入口旁。他把木樁放到了出入口前，隨後向後退了幾步。

「木樁木樁，慢慢向前進。」南森對着木樁施展法術。

木樁被南森控制了，它緩慢地向前移動，隨後進入了出入口。

「轟——」的一聲巨響，木樁正在滑過出入口，這時，出入口像是被木樁觸動了什麼，整個出入口的地面變成了藍色，無數的藍色光束從地面向上射出，形成了一個四方形的立體光體，隨即，地面上露出幾十個小孔，幾十支利箭從小孔中向上射出，那個木樁當即被射中了四、五箭，幾乎被箭給抬了起來。

第十二章　派恩出招

南森一驚，響聲響起的時候就又向後退了幾步，里貝爾、本傑明他們也都吃驚地向後退去。

「吱——」的一聲刺耳的聲響，突然在林中響起。緊接着，樹圍牆裏一陣混亂，上百隻紅松鼠開始向「城堡」裏移動，出入口這裏也跑進去十幾隻紅松鼠，牠們進入的時候，並沒有箭射出。

「剛才那聲是警報。這個機關是咒語機關，紅松鼠們被施了咒，所以通行自如。」南森站了起來，説話聲音也大了，「現在瓦頓知道有人來了，不過我們還是要進去，大家先等一下……」

南森説完，從一棵樹下端起一塊很大的石頭，走到出入口那裏，用力一拋，扔進了出入口，這次，沒有引發任何聲響，也沒有箭射出。南森知道，咒語機關射出箭並發出警報後，使命完成，也失效了。

南森知道這裏可以通過了，他第一個走進了出入口，隨後轉身揮揮手，里貝爾他們都跟了進去。

「博士，瓦頓在移動。」保羅一進去就高喊，「他就在裏面。」

「博士，我也發現了魔怪反應。」海倫看着自己的幽靈雷達説。

「老伙計，通知周邊的魔法師，我們進入到瓦頓的巢穴了，他的巢穴是一座城堡。」南森邊前進邊説，前方瓦頓的城堡越來越清晰了。

他們進入了開闊地，由於基本沒有了樹木的視線阻隔，瓦頓的城堡完整地呈現在他們眼前，城堡的外形真的是模仿中世紀的城堡，只不過這所城堡基本是用木樁建造的，只有底部基石是石塊壘砌的。城堡的四角，各有一個高四米的塔樓，城堡正中的塔樓高五米，塔樓之間是木樁建造的城牆。城牆和塔樓之上，都可以看見有紅松鼠在不停地移動。

大家快速向前，在距離城堡不到一百米的地方，所有的幽靈雷達都出現了強烈的魔怪反應，瓦頓就在城堡裏。不過前方一棵樹都沒有了，城堡和稀鬆樹林之間，是七、八十米寬的平坦開闊地，一棵樹都沒有。

城堡正中塔樓下的大門，是出入城堡的地方，那裏的大門已經緊閉，塔樓上，十幾隻紅松鼠向外張望着，還「吱吱」地叫着，似乎受到了驚嚇。

「衝進去，抓住瓦頓。」里貝爾指了指城堡。

「我們一起衝，注意互相掩護。」南森説道，「老伙計，鎖定好瓦頓的位置。」

「放心吧，他跑不了。」保羅喊道。

南森一揮手，他的手還沒放下，里貝爾第一個衝了上去，大家一起跟着衝了上去。里貝爾的速度極快，因為他們是隱身前進，紅松鼠們都沒有發現他們，很快，里貝爾距離城堡只有五十米了。

「轟——」的一聲，里貝爾剛進入城堡五十米區域，一道藍光一閃，城堡外整個五十米區域，全被藍光覆蓋，而里貝爾的身形在藍光的照射下，完全顯現出來。

「吱吱吱——」紅松鼠發現了里貝爾，「嗖——嗖——嗖——」，幾十枚彈丸立即從城牆上和塔樓裏的射孔裏飛出來，直射里貝爾。這些彈丸是躲在射孔後的瓦頓射出來的。

里貝爾一直向裏衝，他也知道自己顯出了身形。

「啪」的一聲，一粒彈丸打在里貝爾的腿上，他防備不及，當即被打倒在地，鮮血也飛濺出來。一枚彈丸呼嘯着從里貝爾身後的南森的頭

頂掠過，南森立即大叫停止進攻，隨後和海倫拖着里貝爾向回跑。

「嗖——嗖——嗖——」，又有幾十枚彈丸從射孔中射出，南森和海倫此時還是隱身的，那些彈丸直撲

里貝爾，本傑明隨手一指，同時唸了一句口訣，一堵無影鋼鐵牆擋在了里貝爾身後，那些彈丸全部射在鋼鐵牆上，鋼鐵牆居然被射出幾十個小洞，不過彈丸穿透鋼鐵牆後，也失去了前進的動力，紛紛掉在地上。

「撤——撤——」南森和海倫拖着受傷的里貝爾，退回到距離城堡一百多米遠的樹林裏，他們在一棵粗大的樹後放下里貝爾。瓦頓那邊，看到南森撤走，也停止了射擊，十幾隻紅松鼠在塔樓上興高采烈地跳躍起來。

南森和海倫為里貝爾進行急救，里貝爾的傷口鮮血直往外湧，海倫倒了小半瓶急救水上去，血才止住，里貝爾臉色煞白，眼睛閉着，緊咬着牙齒。南森看到了傷口裏的彈丸，他叫里貝爾堅持住，從口袋裏掏出一個鑷子，夾出了彈丸。海倫連忙向傷口倒急救水，然後給里貝爾喝了幾口急救水，傷口的血止住了，里貝爾的神態也比剛才好一些了。

「沒有傷到骨頭。」南森用急救水洗去那枚彈丸上的血水，那枚彈丸居然是一個橡果，他看了看里貝爾，「過半個小時，你就能恢復很多，但是走路可能還不自如，沒關係，會慢慢好起來的。」

「我沒事。」里貝爾説道，「感覺好多了，你們的急救水名不虛傳。」

「你就在這裏躺着吧。」南森説着環視着大家，「不用隱身了，耗費魔力，衝到城堡前也會被藍光魔咒破解。城堡前、剛才那個出入口前，都被瓦頓施了魔咒了，城堡前的能破解我們的隱身術，出入口的能對入侵者射出暗箭，瓦頓是個能施展魔咒的高手。」

「那我們怎麼辦？用鋼鐵牆當屏障衝過去？」大家都唸口訣，顯了形，本傑明看着南森，「可剛才鋼鐵牆都給他射穿了。」

「彈丸也被施了咒了。」南森拿着手裏的彈丸給大家看，「松鼠們吃的橡果，施咒後成了超級無敵的子彈了，鋼鐵牆有阻擋作用，但是距離太近，我想作用就不太大了。」

「我……」保羅看着可憐的里貝爾，頓了頓，「我能鎖定瓦頓的位置，我連射四枚導彈，一定能炸中他，可是……紅松鼠們一定會死傷一片……」

「盡量不要傷害到紅松鼠，牠們其實很無辜。」南森低着頭，很是為難，他看看保羅，「老伙計，先把這裏的情況告訴周邊的魔法師吧。」

說着，南森走到樹後，他把頭探出，向城堡那邊望去。城堡就矗立在那裏，瓦頓就在裏面，但是自己無法接近，由於要顧及到那些紅松鼠，也無法順暢地對瓦頓展開攻擊。

「……我從天上飛過去……」南森身後，傳來了派恩的聲音，他正在和海倫討論如何攻擊，「我飛進城堡裏，抓住瓦頓……」

「那些橡果彈丸也會向天空發射的，你會被打下來的。」海倫說道。

「噢、噢、噢……」南森神情一振，走了回去，「派恩呀派恩，你又提醒了我，真是要好好感謝你……」

「我嗎？」派恩滿臉驚喜，「我天下第一超級無敵魔幻小神探一直都是這樣的，我的主意就是多，你也同意飛過去的招數？」

「不不不。」南森連連搖頭，他指了指地面，「派恩，你馬上把樹林外的利奧波德和他那些伙伴找來，我們不走天上，我們走地下。」

海倫叫了一聲，她滿臉驚喜，明顯是明白了南森的意圖。派恩和本傑明也明白了南森的意思，派恩隨即飛快地向回跑去。

十幾分鐘後，派恩和利奧波德以及那些河狸全都來到了樹後。南森連忙把利奧波德拉到一邊，告訴他剛才發生的事情，隨後把他帶到樹後，他倆把身子探出去，南森指着城堡。

「這裏距離城堡有一百米，如果挖地道過去，我們就能從城堡裏鑽出去，到瓦頓的身邊，對他來個突襲……挖過去你需要多長時間？」

「前一陣這裏下過幾次雨，土地鬆軟得很，而且挖地道可是我們的老本行。」利奧波德估算着時間，「一到兩個小時之間，一定能挖過去。」

「好。」南森很高興，他看了看環境，「那邊有塊大石頭，你們藏在石頭後面挖，瓦頓看不到……」

利奧波德立即帶着手下，來到那塊大石頭後，那石頭可以説是一塊巨石，利奧波德他們在後面挖地道，城堡那邊完全看不到。利奧波德把手下分成了兩隊，自己和十幾隻河狸一起挖地道，剩下幾隻幫忙運土。利奧波德分配完工作後，便跳到石頭後開始挖土，他施展魔法挖掘，速度極快，不到一分鐘，地面就被他挖開一個直徑半米多的深坑，其他河狸一起擁上去，幫着挖掘，另外的幾隻幫着往外運土，五分鐘後，利奧波德就深挖下去，南森和海倫站在地道口，完全看不到裏面的利奧波德了。

派恩也在那裏幫着運土，南森想了想，便把海倫、本傑明和保羅拉過來。

「如果我們就在這裏一直等，瓦頓那邊可能要起疑心。我們用無影鋼鐵牆當掩護，發起兩次佯攻，遇到射擊就回撤，讓瓦頓以為我們還在嘗試進攻。」

本傑明、海倫和保羅都覺得這個迷惑瓦頓的辦法非常好。在南森的帶領下，他們從樹後走向城堡，故意讓城堡裏的紅松鼠都看到，走了十幾米，他們豎起了一堵無影鋼鐵牆，隨即開始衝鋒，向前衝了幾十米後，城堡裏一股彈丸射出，射透了鋼鐵牆，南森他們早有準備，彈丸一射出來，他們轉身就跑了回去。城堡那裏的紅松鼠以為又阻止了一次進攻，歡呼起來。

南森他們來到大石頭後面，看到河狸們繼續賣力地挖着地道，偵探所裏身材最小的派恩剛好從地道裏鑽出來，他一直在幫着運土。

「已經挖了二十多米了。」派恩興奮地對南森說，

「河狸先生的速度太快了，其他河狸配合得也好，我們都運走好多土了。」

「很好。」南森也很高興地點點頭，「告訴河狸先生，如果累了可以休息一會，瓦頓現在還以為我們想正面攻進去呢。」

派恩答應一聲，鑽進了地道，南森又看了看那些工作的河狸，帶着海倫他們來到了樹後面，他看了看手錶。

「按照這個速度，一小時後一定能挖到城堡裏。」南森說，「我們一會再進攻一次，等挖進城堡後，老伙計，你先這樣……」

根據現場的情況，南森布置了下一步的計劃。過了一會，南森帶着海倫他們繞到城堡的另外一側，又一次發動了「衝鋒」，當然，他們又被彈丸給射了回來。本傑明撤回的時候還故意摔了一跤，表現有些誇張，不過也在情理之中。

南森他們去看了樹後的里貝爾，里貝爾氣色好多了，南森叫他就躺在這裏，慢慢恢復，還把自己的計劃告訴了他，里貝爾連連稱好，也很惋惜自己不能進城堡抓瓦頓了。隨後，南森他們再次來到地道口，派恩說地道已經挖進了城堡底下，他的幽靈雷達也能清晰地從地下探測到瓦頓的位置。

「我們進去吧，要破土抓瓦頓了。」南森説着看看保羅，「老伙計，我們用對講機聯絡。」

保羅點點頭，他留在大石塊後面，南森帶着海倫和本傑明進了地道，地道的高度只有一米多，南森他們非常吃力地彎着腰前進，有些地方甚至要匍匐前進，很快，他們就來到了城堡裏的地下。

地道裏，派恩早就用法術點亮了幾個亮光球，裏面很是明亮。利奧波德坐在地上，看到南森，連忙點點頭，他倒顯得不是很累。

「向上再挖兩分鐘，就能進入城堡了。」利奧波德説，「派恩測過了，上面就是瓦頓在的地方。」

「很好。」南森把自己的計劃告訴了利奧波德，然後從海倫那裏拿過一部對講機，按下按鈕，聯絡保羅，「老伙計，發射吧。」

保羅守在大石頭後，接到南森的信息，走到大石頭外，他向城堡那裏看了看，突然，他後背上的追妖導彈發射架彈出，一枚導彈呼嘯着發射出去，在城堡大門前十多米的地方爆炸了。

追妖導彈的爆炸聲響起後，城堡裏頓時慌亂起來，紅松鼠們都躲進城牆掩體裏，看着城堡前的那個彈坑，瓦頓一直在城堡正中塔樓裏指揮，他也很是緊張地看着外面，計算着城堡能否抵禦導彈的直接命中。

城堡下的地道裏，南森已經叫利奧波德向上挖了，海倫和本傑明手中的幽靈雷達已經死死鎖定了瓦頓，他就在上方不到十米的地方。

利奧波德用力的向上挖，四、五隻河狸在一邊跟着一起挖，這時，發射完導彈的保羅也跑進來和南森匯合了。

「現在這裏一捅就破。」忽然，利奧波德停止了工作，他指了指上面，看看南森。

南森叫利奧波德和那些河狸退到一邊，自己走到那個洞下，他看看幾個小助手，隨後雙手一舉，一大塊土掉了下來，上面出現了光亮，隨後南森用手擴大這洞口，沒幾秒就擴大了一個直徑將近一米的洞口。

南森第一個從洞口鑽了出去，這裏正好位於城堡大門塔樓的後面，塔樓有個入口。城堡的中心，有幾處不是很高大的房子。

海倫他們也先後鑽了出來，瓦頓就在塔樓上，由於紅松鼠們都被剛才的爆炸吸引過去，城堡中心不見一隻紅松鼠。

進入塔樓的入口有一米多高，對於南森來講，有些矮，不過對於那個瓦頓來說正好。南森彎着腰，進了塔樓，一進去就有一個向上的樓梯，南森立即登上了樓梯。剛上到第一層，南森就看到爬在瞭望口向外觀察的瓦頓。

「吱——吱——」的叫聲傳來，一隻紅松鼠發現了南森，又跳又叫。

瓦頓一轉身，看到南森，他先是一愣，這時，海倫他們也上到第一層，包圍了瓦頓。那隻紅松鼠的驚叫聲也驚動了其他同伴，幾十隻紅松鼠飛快地趕來。

瓦頓不知道南森是怎麼進來的，他愣在了那裏，他的腳下有兩個箱子，裏面全都是橡果，這無疑就是剛才他射向南森他們的子彈了。

「啊——」瓦頓突然一揮手，已經圍上來的上百隻紅松鼠得到指令，一起撲向了南森他們。

「震爆彈——」海倫說着對地面一指，隨後蹲地閉眼捂起耳朵，南森他們也都一樣。

「轟——」的一聲，地面上先是出現了一枚白色光球，隨後光球爆炸，發出巨大的聲響，同時相伴着的是一道刺眼的白光。除了瓦頓，所有的紅松鼠都當場被震暈過去，躺在地上，這種震爆彈對牠們的生命沒有影響，但會讓牠們昏迷半小時以上。

「啊——」瓦頓怒吼着撲了過來，他知道不能依靠那些紅松鼠幫他解圍了。

沒等南森出手，海倫迎上去直接和瓦頓對拳，瓦頓和海倫的拳頭相遇，發出「啪」的一聲，兩人雙雙後退，本傑明衝上去，趁瓦頓立足未穩一腳踢翻了他。

派恩跳過去，要按住瓦頓，瓦頓翻身躲到一邊，他看看眼前的情形，飛快地滾到箱子邊，雙手伸進去，抓幾粒橡果，隨後猛地甩向撲上來的海倫，那橡果都被瓦頓施過咒，呼嘯着像是子彈一樣，海倫連忙低頭躲過。南森走上前兩步，飛起兩腳，踢飛了兩個箱子，箱子和裏面的橡果都飛到了很遠處，橡果撒了一地。

瓦頓看到箱子也被踢飛了，咆哮着撲向南森，他一拳就砸向南森，南森一撥，把瓦頓的拳頭撥開，隨後一掌砍上去，瓦頓這次有了防備，躲開了這一掌，但是海倫從側面飛起一腳，重重地踢在瓦頓的腰上，瓦頓沒有防備到，橫着飛了出去。

瓦頓撞到一根柱子上，隨即倒在地上，本傑明飛身上去，他手裏拿着綑妖繩，想把瓦頓綑起來，就在他的手接觸到瓦頓的時候，瓦頓一轉頭，對着本傑明一張嘴，「呼」的一聲，一股烈焰噴向了本傑明。本傑明急忙後退，差點被烈焰燒到，瓦頓則站了起來，他張開嘴，對着南森噴出了一股烈焰，南森側身一躲，躲開了。瓦頓見這招似乎湊效，張着嘴，噴着烈焰，向外衝去。

「派恩。」南森後退幾步，他其實看出瓦頓基本上沒什麼招數了，而此時則是一個訓練助手的最佳時機，他看看派恩，指了指瓦頓的頭頂。

派恩心領神會，他繞到瓦頓的側面，手猛地指向瓦頓的頭頂。

「霹靂雲——」

「隆——」的一聲，瓦頓頭頂上先是出現一團翻捲的黑雲，隨後黑雲裏射出一道閃電，閃電勉強射在瓦頓頭頂上，瓦頓抖了一下，隨後，黑雲中大雨傾盆而下，當即澆滅了瓦頓的烈焰。

瓦頓張大嘴，又噴了幾下，身體還躲避着這黑雲，黑雲則追着瓦頓下雨，他再次噴出的烈焰又被澆滅，瓦頓還想噴，但是噴不出火焰來了。黑雲裏的大雨也變成了小雨，隨後黑雲和雨水都不見了。

海倫飛身上去，一腳就踢倒了瓦頓，本傑明拿着綑妖繩，按住瓦頓，就把他綑了起來。

「我真的很棒！」派恩很是激動，他的招數見效了，他抑制不住自己的激動，對着瓦頓的頭頂，手一指，「霹靂雲——」

「隆——」的一聲，瓦頓和正在綑綁他的本傑明頭頂上又出現了一團黑雲，黑雲中射下一道閃電，打在瓦頓頭上，瓦頓慘叫起來，接下來的大雨把瓦頓和本傑明徹底澆透。

「派恩！」本傑明站了起來，等着派恩，「看不見我在這裏嗎？」

「沒有見過你們這樣的！」瓦頓躺在地上，喊叫着，「抓住我了還攻擊……」

派恩看看本傑明，又看看瓦頓，吐了吐舌頭，躲到了南森的背後。海倫走過去，遞給本傑明一條手帕，叫他擦擦臉，本傑明一邊擦臉，一邊氣呼呼地盯着派恩。

保羅已經通知周邊的魔法師，瓦頓已經抓到了。海倫把瓦頓的身體翻轉過來，讓他靠着一根柱子，南森走到了瓦頓身邊。瓦頓看着南森，顯得很憤怒。

「我就是要保護我的同伴，你這個魔法師，幫助那些偷獵的人。」瓦頓沒等南森開口，先說話了。

「第一，我要告訴你，有人遇害，我是來破案的。」南森直視着瓦頓的眼睛，「第二，你沒有權利對任何人實施殘暴的殺戮行為，這點你應該清楚。」

「我保護同伴還有錯了？」瓦頓大叫着，一點都沒有悔過的意思，「你們人類在這裏殺我的同伴，拿他們的皮毛賣錢，今年我建立了這個城堡，把我的伙伴都叫到這裏來，不過狩獵季節一到，還是有兩個外出找食物的被殺了……」

「這個城堡是今年建成的？」南森看瓦頓沒有一點想隱瞞什麼的意思，連忙問道。

「對！」瓦頓聲音仍然很大，「去年被殺了九個，今年我就建了這個城堡，我要保護我的伙伴，看你們誰還敢來……」

「我説呢，要是以前就建成這個城堡，人類誤闖進來，一定有傷亡。」南森轉頭對海倫他們説，「狩獵季剛開始，來的獵人少，勒多森被殺後林子被封閉了，所以還沒有獵人來過這裏，魔法師聯合會的人和警察案發後去過現場，但那裏距離這非常遠。」

「要是去年建成，我的同伴去年也不會被殺掉九個了！」瓦頓在一邊不依不饒地説。

「瓦頓，有一個問題，希望你實話實説。」南森又轉頭看着瓦頓，「你是怎麼知道亞維林，就是被你追到城裏要殺的那個獵人住在哥德堡市呢？」

「這個……」瓦頓扭扭脖子，「他和被我殺掉的那個獵人走路的時候説的，他説收購皮毛的人就在城裏等着他們呢，皮毛賣了錢，馬上去他家喝幾杯，我一聽就知道他住在哥德堡了。」

「噢，我明白了。」南森點點頭，「整個事件就是，你在林子裏聽説有兩個同伴被殺，就從樹上找了過來，並在樹上聽到他們的談話，你追上去殺了一個，然後去救獵物袋裏的伙伴，另外一個人趁機跑了，最後你也跳上樹走了，但你是去召集手下追殺他的，你帶着手下追到城市裏，挨家挨戶的找，最後終於找到了，不過我們也趕來了。」

「對！」瓦頓大叫一聲。

「那你的手下是怎麼發現亞維林的，牠們認識他？」

「他右耳下有一道很長的傷疤，我親眼看見的，我把這個特徵和年齡、身高、相貌都告訴了同伴們。」瓦頓說，「我們在大型超級市場門口都布置了人手，他出超級市場戴圍巾的時候，有一個伙伴就守在超級市場門口的樹上，認出並跟上了他，我們就知道他的地址了，可惜，你們趕來救這個偷獵的人。」

「瓦頓，你要明白，偷獵者不代表整個人類，另外，保護紅松鼠的法規也是人類制定的，否則你的同伴傷亡更大，這點你是不是要感謝人類呢？」南森正色道，「我們也反對偷獵，但同樣也反對你殘暴的濫殺行為！」

「隨便你怎麼說吧。」瓦頓把頭一扭，也不說話了。

「你是怎麼變成魔怪的？」南森換了個話題，「從你的情況看，你以前只是隻普通的紅松鼠。」

「離這裏一百多公里有座山，我以前住那裏。」瓦頓一點也不掩飾，「那裏有間巫師的小屋，那巫師在屋裏煉製魔藥。有一次他不在家，我進去找東西吃，發現一罐魔藥，我不知道那是魔藥，全都吃了，就變成這樣了。」

「那個巫師現在……」南森繼續問。

「不用問了，早就不見了。」瓦頓立即說道。

南森不再問話了，他站了起來。此時，那些昏迷的紅松鼠們，有幾隻已經朦朦朧朧地開始恢復知覺，用不了多久，他們就會完全醒來。

「走吧，把他帶到魔法師聯合會去，交給他們處理。」南森對海倫他們說，他又看了看城堡，「這裏……也聽魔法師聯合會的意見吧，留着也行，拆了也行……」

尾聲

一周之後，倫敦的魔幻偵探所裏，海倫和派恩剛從超級市場買完東西，回到偵探所，一進門，就聽到南森、本傑明和保羅在那裏哈哈大笑，議論着什麼。

「笑什麼呢？」派恩連忙問，「快和我說說。」

「笑你呀。」南森笑着說。

「我？」派恩一愣。

「是呀，派恩有什麼好笑的？」海倫湊了過來。

「派恩，剛才大鼠仙送來一封信，是河狸先生利奧波德委託他們轉送過來的。」南森說着從桌子上拿起一封信，向派恩揚了揚，「派恩，你是不是委託倫敦的大鼠仙，讓他們請哥德堡的大鼠仙給利奧波德送了一台小雪櫃？」

「對呀！這麼快就收到了？」派恩說着搶過那封信，「雪櫃是我用攢下的零用錢給利奧波德買的，他不是說沒有雪櫃，漿果沒法保存嗎？」

「嗯，你讓當地大鼠仙請魔法師買到一台雪櫃，給利奧波德送去了。」本傑明也笑着説，「你沒讓大鼠仙去請里貝爾呀？」

「里貝爾還在養傷，我請他們找的別的魔法師。」派恩説。

「你確實是好心。」南森一直都笑着，「利奧波德也表示感謝，但是，你這個無敵小神探，考慮問題不全面呀。」

「啊？」派恩眨眨眼，「不全面？」

「你看看信的最後怎麼説的。」南森指了指派恩手裏的信。

「……目前，這台雪櫃除了不能使用，也沒有其他什麼毛病……」派恩一字一句地唸道，「因為我們這裏沒有……電……」

「轟——」的一聲，在場的人都大笑起來。

派恩拿着信，臉紅了，不過也跟着笑了起來。

推理時間

麥克警長，蘇格蘭場（倫敦警察廳）高級督察，南森和警方的聯絡人，也是一名大偵探，屢破奇案。當然，他所偵辦的都是人類世界中的案件。一起來看看他偵辦過的案件，運用你的推理能力，想一想他是如何破案的呢？

不能跟蹤

麥克警長和探員喬治坐在一輛車裏，車停在倫敦鬧市區的一幢大廈的停車庫旁，根據線報，十分鐘後一個毒販將駕車從車庫中出來，去完成一次毒品交易。麥克警長得到的命令就是跟蹤毒販的汽車，警方在毒販可能走的路線上還埋伏了不少車輛，他們一定要將這個毒販人贓並獲。

麥克此時還算平靜，喬治則略為緊張，眼睛一直盯着車庫的出口，警方的這輛跟蹤車是民用牌照，由喬治來駕駛。

忽然，一輛白色的汽車從車庫開了出來，駕車的正是那名毒販。麥克連忙叫喬治跟上，喬治駕車跟了上去。前方路口的交通燈亮起紅燈，毒販卻沒有停下，開車衝了過去。眼看毒販快被跟丟了，喬治很着急，準備也闖紅燈跟上去。

「停車——」麥克突然大喊一聲，「不能跟蹤了。」

「為什麼？」喬治只能先停下車。

麥克把毒販的車牌號、前往的大街名稱等資料用對講機告訴了其他同事，請同事繼續跟蹤，隨後告訴了喬治原因。

請問，為什麼麥克警長突然下令不再繼續跟蹤毒販？

答案：毒販猛闖紅燈，完全就是在試探自己是否被跟蹤，如果麥克他們跟着一起闖紅燈，就會被試探出來，所以麥克下令停止跟蹤，改由其他同事跟蹤。

魔幻偵探所 29

神秘爪痕（修訂版）

作　　者：關景峰
繪　　圖：陳焯嘉
策　　劃：甄艷慈
責任編輯：周詩韵
美術設計：李成宇
出　　版：新雅文化事業有限公司
香港英皇道499號北角工業大廈18樓
電話：（852）2138 7998
傳真：（852）2597 4003
網址：http://www.sunya.com.hk
電郵：marketing@sunya.com.hk
發　　行：香港聯合書刊物流有限公司
香港新界大埔汀麗路36號中華商務印刷大廈3字樓
電話：（852）2150 2100　傳真：（852）2407 3062
電郵：info@suplogistics.com.hk
印　　刷：中華商務彩色印刷有限公司
香港新界大埔汀麗路36號
版　　次：二〇一八年五月初版

ISBN : 978-962-08-7047-7

18/F, North Point Industrial Building, 499 King's Road, Hong Kong
Published and printed in Hong Kong